殺し屋

栄次郎江戸暦28

治

時代小説

二見時代小説文庫

目次

殺し屋——栄次郎江戸暦28

『殺し屋――栄次郎江戸暦28』の主な登場人物

矢内栄次郎《やないえいじろう》……一橋治済《ひとつばしはるさだ》の庶子。三味線とともに市井《しせい》に生きんと望む、田宮流居合術《たみやりゅういあいじゅつ》の達人。

杵屋吉右衛門《きねやきちえもん》……栄次郎が三味線、浄瑠璃《じょうるり》、長唄を習っている師匠。

市村咲之丞《いちむらさきのじょう》……人気の歌舞伎役者の女形。

段右衛門《だんえもん》……日本橋本町《にほんばしほんちょう》にある木綿問屋『菊川屋《きくかわや》』の主人。

八木主水介《やぎもんどのすけ》……三千石の旗本にして、自らの屋敷で花見の宴を催すほどの風流人。

戸田景昭《とだかげあき》……料理屋で不審な死を遂げた作事奉行。

真山誠三郎《まやませいざぶろう》……戸田景昭の警護役を務めていた家臣。

沢井達之助《さわいたつのすけ》……南町同心。

岩井文兵衛《いわいぶんべえ》……岩井半左衛門《はんざえもん》・元一橋家用人《ようにん》。隠居後に名を改め、栄次郎を陰から支える。

勘十郎《かんじゅうろう》……材木問屋『木曾屋《きそや》』の主人。作事奉行の戸田景昭とは賄賂で繋がっていた。

お秋《あき》……矢内家の元女中。南町奉行所年番方与力・崎田孫兵衛《さきたまごべえ》の妾《めかけ》となり浅草黒船町《あさくさくろふねちょう》に住む。

貞太郎《さだたろう》……材木問屋『新木屋《あらきや》』の主人。あらゆる手段を使い作事奉行の戸田に近付く。

伝右衛門《でんえもん》……浅草の雷神《らいじん》一家という香具師《やし》の親方。先代は深川《ふかがわ》の八幡《はちまん》一家ともめていた。

寅三《とらぞう》……八幡一家の親方。先代の寅三は隠居をすることになる。

新八《しんぱち》……豪商や旗本を狙う盗人だったが、足を洗い栄次郎の兄、栄之進《えいのしん》の密偵となる。

第一章　盆《ぼん》の窪《くぼ》の傷

一

　矢内栄次郎《やないえいじろう》は長唄の師匠杵屋吉右衛門《きねやきちえもん》とともに薬研堀《やげんぼり》の元柳橋《もとやなぎばし》の袂《たもと》にある料理屋『花《はな》むら』の門をくぐった。

　女将《おかみ》の案内で内庭に面した廊下を奥の座敷に向かった。梅の香が漂っていた。庭をはさんで反対側の座敷から三味線《しゃみせん》の音や唄声が聞こえてきた。障子が閉まっているので、どんな客かわからない。

　栄次郎はふと立ちどまった。庭に何か黒い影を見たような気がしたのだ。栄次郎は庭に目をやった。真ん中に池があり、傍《かたわ》らに石灯籠《いしどうろう》がある。

　床下の暗がりに目をやった。何かがいるように思えた。

「何か」

女将も振り返って栄次郎を不審そうに見た。

「猫はいるのですか」

栄次郎は逆にきいた。

涼しげな目、すっとした鼻筋に引き締まった口元。細面《ほそおもて》のりりしい顔立ちだが、武士にしては匂い立つような男の色気がある。それは、栄次郎が杵屋吉右衛門から吉《きち》栄《えい》という名をもらった三味線弾きでもあるからだ。

「猫ですか。いえ。さあ、どうぞ」

女将は気にするふうでもなく先を促した。

「吉栄さん、行きましょう」

師匠も声をかけた。

栄次郎は気になりながら、師匠とともに女将のあとに従った。

もう一度振り返ると、さっきの座敷から男が出て来た。羽織姿の長身の男だ。濡縁《ぬれえん》に立って庭を見ている。

「さあ、どうぞ」

もう一度、女将が言う。

今夜は日本橋本町《にほんばしほんちょう》にある木綿《もめん》問屋『菊川屋《きくかわや》』の主人段右衛門《だんえもん》が歌舞伎役者の市村《いちむら》咲之丞《さきのじょう》と杵屋吉右衛門を招いたのである。栄次郎は師匠の供でやって来た。

段右衛門は咲之丞の後援者である。四十半ばぐらいの恰幅のいい男だ。

女将が奥の座敷の前で足を止めて腰を下ろした。

「失礼いたします」

声をかけて障子を開けた。

師匠に続いて中に入る。床の間を背に、咲之丞が座っていて、その左手前にでっぷり肥った段右衛門がいた。

「遅くなりました」

師匠が挨拶をし、段右衛門に言われるまま、咲之丞の右手前に腰を下ろした。栄次郎は師匠の隣に座った。

女中が酒を運んで来た。

「今宵はごゆるりとお過ごしください」

段右衛門がみなに言う。

「さあ、どうぞ」

女将が銚子《ちょうし》をつまんだ。

「うむ。鳥越《とりごえ》の師匠と呑めるのが楽しい」

咲之丞は女将の酌《しやく》を受けながら満足そうに言う。

咲之丞は女形《おやま》である。四十歳だが、化粧をし、衣装を身につけると、見事な娘に変身する。指先の動きにも色気が漂っている。

段右衛門は杵屋吉右衛門に向かい、

「鳥越の師匠、いつも咲之丞がお世話になってありがとうございます」

と、礼を述べた。

「いえ、こちらこそ、地方《じかた》を務めさせていただき、光栄でございます」

吉右衛門はもともとは横山町《よこやまちよう》の薬種問屋の長男で、十八歳で大師匠に弟子入りをするという遅い出発にも拘《かか》わらず、二十四歳のときにはすでに大師匠の代稽古《だいげいこ》を務めたという才人であった。

弟子も武士から商家の旦那、職人などたくさんいる。今では栄次郎も古いほうの弟子に数えられた。

「来月の八木《やぎ》さまのお屋敷での桜の宴でも、師匠に地方を務めてもらうんだ」

市村咲之丞が口を開いた。

来月の三月十日、三千石の旗本八木主水介《もんどのすけ》が駿河台《するがだい》の屋敷で恒例の桜の宴を開く。

この宴席で、咲之丞が踊りを披露することになっており、その地方を吉右衛門が務める。栄次郎もまた地方のひとりとして参加する。

「さようでございましたか」

段右衛門は目を見開いた。

「菊川屋さんは桜の宴には？」

吉右衛門がきく。

「いえ、私は八木さまとはおつきあいはございませんので」

招かれていないと段右衛門は言い、

「矢内さまはお侍さまなのに三味線を？」

と、栄次郎にきいた。

「私は部屋住《へやずみ》で、他に何もすることがないので」

栄次郎は笑みを浮かべた。

「どういうきっかけで、鳥越の師匠のところに？」

段右衛門は興味深そうにきいた。

「たまたま師匠の唄声と三味線を聞き、その芸にすっかり惚れ込み、この御方に師事したいと思ったのです」

栄次郎は答えたが、実際は少し違う。

ある場所で師匠の吉右衛門を見かけた。そのとき、男の色気を醸し出す吉右衛門に見とれ、長唄《ながうた》と三味線を習えば自分もあのように色気のある男になれるかもしれない。そう思って弟子入りを志願したのだ。

唄声と三味線を聞いて決めたわけではない。だが、吉右衛門の唄と三味線は天下一品だった。艶《つや》のある声や流れるような撥捌《ばちさば》きの芸に惚れ込んだことはほんとうだった。

「他にもお侍さまのお弟子さんが」

段右衛門はきいた。

「ええ、ひとり。私の兄弟子です」

旗本の次男坂本東次郎《さかもととうじろう》のことだ。御家の事情で稽古を休んでいる。

他の座敷から唄声と嬌声が聞こえてきた。さっきの庭をはさんで向かいにある座敷だろう。

「盛り上がっているな」

咲之丞が猪口《ちょこ》を口に運ぶ手を止めて言う。

「どなただね」

段右衛門が女将にきいた。

「まあ、旦那。よそさまのことはいいじゃありませんか」

そう言い、女将は手を叩いた。

障子が開いて、芸者がふたり入って来て、こちらの座敷も華やかになった。

芸者のひとりが栄次郎に軽く会釈をした。顔見知りの芸者だった。

女将が座敷を出たあと、段右衛門は年増《としま》の芸者に、

「向かいの座敷の客は誰なんだね」

と、こっそりきいた。

「向かいですか」

芸者は戸惑った。

「女将も教えてくれなかった。話したところで、何があるというわけではないだろう」

段右衛門はしつこくきく。

「木場の『木曾屋《きそや》』さんです」

年増の芸者が小声で答える。

「木曾屋か。連れは？」

「…………」

「おまえが喋ったなんて言わないから」

段右衛門はなおもきいた。

「でも」

「旦那、どうでもいいではないか」

咲之丞が口を出した。

「木曾屋さんがどんなお方を招いているのか気になりましてね」

段右衛門は笑みを浮かべながら言う。

「誰だね」

段右衛門は懐《ふところ》から財布を取り出し、いくらかを懐紙に包み、芸者の胸元に差し込んだ。

芸者はため息をつき、

「作事《さくじ》奉行の戸田《とだ》さまです」

と、答えた。

作事奉行の旗本戸田景昭《かげあき》だという。

作事奉行は殿舎、社寺などの築造や修繕を司《つかさど》る役目だ。何年間か無事に勤め上げれば、その後は大目付《おおめつけ》か町奉行、あるいは勘定《かんじょう》奉行への道が開ける。それほどの役職だ。

「やはりね」

段右衛門が含み笑いをした。

「旦那。今、意味ありげに笑ったようだが」

咲之丞がきいた。

「戸田さまと木曾屋さんは昔からつながりが深いですからね。きっと何か大きな修繕工事でもあるのかもしれませんな」

段右衛門は作事奉行と木曾屋の癒着をほのめかした。

「何か聞かせてもらおうか」

話題を変えるように、咲之丞が芸者に声をかけた。

「師匠がいる前ではやりづらいわね」

年増芸者が尻込みをする。

「師匠は長唄だ。姐《ねえ》さん方は端唄《はうた》を」

段右衛門が口をはさむ。

「わかりました」

芸者がふたりとも三味線を抱えて撥を構えた。

芸者が糸を弾いたとき、女の悲鳴が聞こえた。

「なんでしょう」

段右衛門が耳を澄ませた。

栄次郎は尋常ではないことが起きたのではないかと思った。

騒ぎ声が大きくなった。

「見てきます」

段右衛門が腰を上げた。

「私も」

栄次郎も立ち上がった。

廊下に出ると、内庭の向こうの廊下をあわただしく女将と女中が走っている。

やがて、店の半纏《はんてん》を着た若い衆が三人掛かりで誰かを担いで座敷に連れ込んだ。それを侍が見守っていた。

「急病人でしょうか」

段右衛門が口にした。

「どうやら厠《かわや》で倒れたようですね」

栄次郎は応じた。

「誰でしょうか」

段右衛門は呟《つぶや》く。

「戻りましょう」

栄次郎は段右衛門を促し部屋に戻った。

「急病人のようです」

段右衛門が咲之丞に言う。

「木曽屋の座敷か」

咲之丞がきく。

「そうです」

しばらくして、女将がやって来た。

「お騒がせいたしました」

「女将、どうしたんだ？」

段右衛門がきいた。

「お客さまが急病で……。今、お医者さまを」

「誰が？」

「それが……」

「ひょっとして戸田さまでは？」

「あっ」

女将は困惑した顔で、

「そうです」

と、小さな声で言った。

「なに、ほんとうに戸田さまが？」

段右衛門は驚いたように言う。

「失礼します。もうお医者さまが来る頃ですから」

女将が出て行った。

「作事奉行が急病か。たいしたことなければいいが」

段右衛門は心配そうに言う。

「女将はだいぶ取り乱していましたね。かなり悪いのかもしれません」

栄次郎は気になった。

「作事奉行の戸田さまは持病があったのでしょうか」

段右衛門が呟く。

それから、なんとなく話も弾まなくなった。芸者も三味線を膝からおろして、戸惑ったような顔をしていた。

四半刻（三十分）後、また騒々しくなった。

足音が近付いてきて、この座敷の前で止まった。

「失礼します」

襖《ふすま》が開いて、女将が顔を出した。その後ろから三十歳ぐらいの侍がふたり現れた。

ひとりは細面で、眉毛《まゆげ》が濃く、顎《あご》が細い。もうひとりは大柄で、目尻がつり上がっていた。ふたりとも鋭い目つきをしていた。

「邪魔をいたす」

ふたりはずかずかと入って来た。

「こちらは何の集まりか」

大柄な侍がきいた。

「いきなり入って来られて、不躾《ぶしつけ》な問いかけではございませんか」

段右衛門が言い返す。

「申し訳ない。だが、お答えいただきたい」

細面の侍が栄次郎に目を向けた。

「失礼ですが、戸田さまのご家来ですね」

段右衛門がきいた。

「うむ。真山誠三郎《まやませいざぶろう》と申す。こっちは田部井仙太郎《たべいせんたろう》だ」

細面の侍が素直に答えた。

「何かございましたか」

段右衛門が表情を引き締めてきいた。

「その前にそなたたちの素姓を明かしてもらおう」

真山誠三郎が言う。

「こちらは、本町にある木綿問屋『菊川屋』の主人段右衛門さまです」

女将が割って入る。

「段右衛門にございます。こちらは役者の市村咲之丞さん、それに長唄の師匠杵屋吉右衛門さまとお弟子さんです」

段右衛門が説明した。

「そなたは弟子だというのか」

真山が栄次郎を睨みすえた。

「そうです」

栄次郎は答える。

「名は？」

「矢内栄次郎です」

「この者だけ、雰囲気が違うな」

真山が険しい顔で言う。

真山も田部井もどこか焦っているようだった。戸田景昭が急病だということだったが……。

「私の弟子に間違いありません。杵屋吉栄という名を取っています」

師匠の吉右衛門が口を出した。

「矢内どのはここ半刻（一時間）の間、部屋を出なかったか」

「出ておりませんが」

ふたりの強引な問いかけに、栄次郎は何があったのか想像がつき、

「ひょっとして、戸田さまは何者かに？」

と、相手の目を見つめてきいた。

「…………」

真山が返事に詰まった。

「出ていなければいい」

田部井が言い、

「邪魔をした」

と、部屋を出て行った。

真山はもう一度、栄次郎に顔を向けて部屋を出て行った。

女将も会釈して、あわててふたりを追いかけた。

「不躾な方たちだ」

段右衛門が眉根《まゆね》を寄せた。

「あのおふた方は他の座敷にも出向いているはずです」

栄次郎は口にした。

「何があったのだ?」

咲之丞がきく。

「作事奉行の戸田さまは急病でお倒れになったのではないのでしょう」

栄次郎は口にした。

「と、いうと?」

段右衛門はきいた。

「おそらく、何者かに襲われたのではないかと。だから、襲った相手がまだこの料理屋内にいると思ってすべての部屋に赴《おもむ》いているのです」

「よし」

段右衛門が立ち上がった。

「どこへ？」

咲之丞がきく。

「気になります。木曾屋さんは知らない仲ではないので」

そう言い、段右衛門は立ち上がった。

「なんだかとんでもないことになったな」

咲之丞が憤然と言う。

「まことに」

吉右衛門も応じて、

「戸田さまはどうなったのでしょう」

と、気にした。

「あのおふた方の狼狽ぶりは尋常ではありませんでした。おそらく……」

栄次郎は表情を曇らせた。

吉右衛門も咲之丞も声を呑んだ。

段右衛門が戻って来た。

「木曾屋さんは戸田さまといっしょに別間にいるようで会えなかった。だが、店の奉公人たちも動揺しているようだ。どうやら、戸田さまはお亡くなりになったようだ」

「お亡くなりに」

咲之丞が沈んだ声で言う。

栄次郎も胸を衝《つ》かれた。

「せっかくお招きいたしましたのに、このような騒ぎに巻き込まれるなんて」

段右衛門が詫びた。

「旦那が謝《あやま》ることではない。でも、とんだことになった」

咲之丞が嘆息した。

「菊川屋さん。戸田さまはほんとうに殺されたのでしょうか」

師匠がきいた。

「そうなんじゃないでしょうか」

「すると、これから奉行所の者がやって来るな」

咲之丞が顔をしかめた。

「そのようです。下手人《げしゅにん》がまだこの中にいるかもしれないというので、さっきの侍は調べていたのでしょう。今宵はついていませんな」

段右衛門はため息混じりに言う。

「なんだか、もう呑む気がしなくなった」

咲之丞は顔をしかめた。

二

それから半刻（一時間）余りのち、女将が入って来た。

「たいへんお騒がせいたしました。お屋敷のほうから迎えが来て、戸田の殿さまはお帰りになりました」

「ご家来も帰られたのか」

「真山さまだけ、奉行所の御方に説明するのでお残りです」

女将は焦ったように話す。

「我らはもう帰っていいのか」

段右衛門がきく。

「それが、同心の旦那がやって来るまで待っていただきたいと、真山さまが。どうか呑み直して……」

「いや、もうそんな気分にはならない」

咲之丞が渋い顔で言った。

「申し訳ありません」

女将は自分の失態のように頭を下げた。

「どこで戸田さまはお亡くなりに？」

栄次郎は女将にきいた。

「厠です」

女将は答えた。

「どういう状況だったのですか」

栄次郎はきいた。

「殿さまは厠にお立ちになり、芸者がついて行きました。ところが、なかなか出て来ないことに不審を持ったので、供の方に声をかけたそうです。それで供の方が戸を叩いたのですが応答がなく、強引に戸を開けたら殿さまが倒れていたと。外傷も見当たらず、ご家来衆も急病だと思ったようです。空いている部屋にお運びしましたが、すでに事切れていたと」

「どうして殺しだとわかったのですか」

栄次郎はなおもきいた。

「駆け付けたお医者さまがいちおう診ました。お医者さまは首をひねっていました。毒を飲んだかもしれないと目や舌などを調べていましたが、そのうち、殿さまの盆《ぼん》の窪《くぼ》に小さな傷が……」

「盆の窪ですか」

栄次郎は息を呑んだ。

「細い針で刺されたのではないかと」

女将は怯《おび》えたように、

「それで真山さまたちがこの建物の中にいる者の仕業《しわざ》だということになって、座敷を調べることに」

と、話した。

「怪しい人物は見つかったのですか」

栄次郎はきいた。

「いえ」

女将は首を横に振った。

「今夜のお客さまは何組ですか」

栄次郎は確かめた。

「五組です。他には、大工の棟梁《とうりよう》の寄合に七人。ご隠居を囲んで五人、中年の男女がふたりです」

「その厠を使うのは戸田さまの座敷の方だけですか」

「そうです」

「他の座敷の客がその厠までやって来ることは?」

「ありません」

「戸田さまが厠に行ったとき、供の方は厠の外で待っていたのですね」

「芸者がついて行き、厠のそばで待っていたようです。なかなか出て来ないので真山さまが厠の戸を叩いたのです」

最初の悲鳴は芸者だったようだ。

「真山さまが厠を調べると、天井板が動かせたそうです」

女将は細い眉を寄せて言った。

「賊は天井裏に潜《ひそ》んでいたのですね」

栄次郎は厳しい顔で言う。

「真山さまはそう仰《おっしゃ》っていました」

「そうですか」

栄次郎は庭で黒い影を見たような気がしていた。やはりあれは賊だったか、栄次郎はもっと気にかければよかったと後悔した。

女中が女将を呼びに来た。

女中から耳打ちをされたあと、

「奉行所から参ったようです」

と、女将は告げた。

栄次郎たちは同心の事情聴取につきあわねばならなかった。

しばらくして、羽織に着流しで、三十半ばの額《ひたい》が広く、頑固そうな獅子鼻《ししばな》の男が座敷に入って来た。

「南町の沢井達之助《さわいたつのすけ》と申す。何があったかお聞き及びでござろう。そのことで、話をききたい」

沢井は鋭い目で、一同を睨んだ。

「まず、銘々《めいめい》名乗っていただきたい」

沢井は命じた。

女将から素姓を聞いているだろうに、沢井はひとりずつ名乗らせた。

頷きながら聞いたあと、

「騒ぎがあった直前、座敷を出て行った御仁《ごじん》はいないか」

と、沢井はきいた。

「おりません。六つ半（午後七時）にみな揃い、それからどなたも座敷を出ていません」

段右衛門がはっきりと答える。

「そもそも、どのような集まりか」

沢井はきく。

「私が市村咲之丞さんと杵屋吉右衛門さんの慰労をしようと思いまして。なのに、とんだ災難に巻き込まれました」

段右衛門が苦笑する。

さっきから、やはり沢井の目は栄次郎に向いていた。

「矢内どのは弟子なのか」

「そうです」

栄次郎が答えると、杵屋吉栄という名取《なとり》ですと、吉右衛門が口添えした。

「この座敷が一番殺しのあった厠に近い。何か気がついたことはなかったか」

改めて、沢井は一同を見まわす。

「いえ、ありません」

段右衛門が答える。

栄次郎は床下の黒い影を口にするか迷った。勘違いだった場合、探索の妨げになりかねない。

「下手人は天井裏に潜んでいたのは間違いないのですね」

栄次郎はきいた。

「天井裏を調べたが、埃《ほこり》の様子からひとが潜んでいたことが明らかだった」

「侵入口は?」

栄次郎がきくと、沢井は眉根を寄せ、

「なぜ、そのようなことを?」

と、きき返した。

「じつは、床下に黒い影を見たような気がしたもので」

栄次郎はそのときの状況を説明した。

「わかった。明朝四つ（午前十時)、戸田さまの供の侍にも集まってもらい、それぞれの記憶を頼りに、状況を再現したい。そなたにも加わってもらいたい」

沢井は栄次郎に言った。

「わかりました」

栄次郎は応じてから、

「他にも、盆の窪を刺されて殺された事件はあったのでしょうか」

と、きいた。

「わからない」

沢井は言ってから、

「ともかく、明朝だ」

と言い、座敷を引き上げた。

「どうも、とんだ夜になってしまいました」

段右衛門はまた詫びるように言った。

「仕方ないことです」

吉右衛門が静かに言った。

「また、いつか仕切り直しといきましょう」

段右衛門が苦笑した。

「菊川屋さん」

栄次郎は段右衛門に顔を向けた。

「最前、戸田さまと木曾屋さんは昔からつながりが深いと仰っておられましたが」

栄次郎はきいた。

「仲がよいという話です」

「木曾屋さんは戸田さまから仕事の上でいろいろ便宜を図ってもらっているということですか」

「まあ、木曾屋さんはなかなかの遣り手ですからね」

「そうだとすると、他の材木問屋の反発を買うのでは？」

「その点はうまくやっているのでしょうね」

段右衛門は冷笑を浮かべた。

「菊川屋さんは木曾屋さんと親しいのでしょうか」

栄次郎はきいた。

「いや、親しいというほどではありません。一度だけひとに紹介されて挨拶をした程度です。ただ、噂は聞いていました」

段右衛門は苦笑しながら言った。

段右衛門と咲之丞は駕籠《かご》を呼んだが、栄次郎は吉右衛門といっしょに歩いて帰った。

両国広小路《りょうごくひろこうじ》を突っ切り、浅草御門《あさくさごもん》をくぐって蔵前《くらまえ》から元《もと》鳥越町に向かった。

師匠を家まで送り届けてから、栄次郎は本郷《ほんごう》へ急いだ。料理屋の『花むら』を出たのが五つ半（午後九時）頃で、湯島《ゆしま》の切通しに差しかかったときは四つ（午後十時）近く、人通りもすっかり途絶えていた。

三

本郷の屋敷に着くと、すでに兄の栄之進《えいのしん》は帰宅していた。

もう四つを過ぎていたが、兄の部屋から明かりが漏れていた。矢内家の当主である兄は御徒《おかち》目付であり、栄次郎は部屋住の身であった。

亡くなった矢内の父は一橋《ひとつばし》家二代目の治済《はるさだ》の近習番《きんじゅうばん》を務めており、謹厳なお方で、母もまた厳しいお方であった。

治済がまだ一橋家当主だった頃に、旅芸人の女に産ませた子が栄次郎だった。そのとき、治済の近習番を務めていたのが矢内の父で、栄次郎は矢内家に引き取られ、矢内栄次郎として育てられた。

栄次郎は自分が大御所治済の子であるとはまったく考えたことはなく、あくまでも矢内家の者だと思っている。

栄次郎は着替えを済ませてから、兄の部屋の前に行き、

「兄上、もうお休みでしょうか」

と、声をかけた。

「いや、まだだ。構わん、入れ」

中から声がした。

「失礼します」

襖を開けて、栄次郎は中に入った。

兄は文机に向かって書き物をしていた。筆を置いて、体をこっちに向けた。

「邪魔をしてしまいましたか」

栄次郎は詫びるように言う。

「いや、気にするな」

「ひょっとして、お美津《みつ》さまに？」

「うむ。ここのところ忙しくて会えないのでな」

兄は書院番《しょいんばん》の大城清十郎《おおしろせいじゅうろう》の娘美津と縁組をすることになった。大身《たいしん》の旗本の娘が小禄の御徒目付の家に嫁《とつ》いでくるのだ。

このことで、栄次郎が治済の子であることの計算が大城清十郎にあったのではないかという疑いもあったが、それが誤解であることがわかった。

兄には最初に娶《めと》った妻がいた。だが、流行《はや》り病で早死にした。兄の落胆は甚《はなは》だしく、後添いの話は 悉《ことごと》く蹴ってきた。ところが、美津には違った。

もし、美津が兄嫁としてここで住むようになったら、屋敷を出て行くつもりでいたが、兄や母は引き止めた。離れを造り、そこで暮らすように勧めた。

ただ、母は栄次郎の養子先を探していた。しかし、栄次郎は武士を捨てても三味線弾きとして生きていきたいという願望があった。

「そんなことより、何か用があるのだろう」

兄の声で我に返った。

「はい」

栄次郎は居住まいを正して、

「今夜、薬研堀にある料理屋『花むら』で、作事奉行の戸田景昭さまが殺されました」

と、告げた。

「なに、戸田さまが」

兄は顔色を変えた。

「はい。戸田さまは材木問屋の木曾屋さんといっしょでした」

栄次郎は状況を説明し、

「厠に入ったところを天井裏に潜んでいた賊が襲いかかったようです」

と、話した。

「下手人は厠の天井裏に隠れ、戸田さまを待ち構えていたのでしょう。盆の窪に針のようなもので突き刺された跡があったそうです」

「殺し屋か」

「はい、そうだと思います」

盆の窪を刺して殺すなど、熟練していなければ出来ない。

栄次郎は膝を進め、

「何者かが戸田さまを殺すために殺し屋を雇ったのだと思います」

と、言い切った。

「うむ……」

兄は唸った。

兄は御徒目付として旗本屋敷や御家人を監視するのが役目だ。

「戸田さまに何か不穏な噂などはあったのでしょうか」

「うむ。作事奉行というお役柄、いろいろ付け届けがあるようだが……」

「木曾屋さんの主人とはかなり親しいようです」

兄は厳しい顔で、

「戸田さまのお供の者は?」

と、きいた。

「私がお会いしたのは真山誠三郎さまと田部井仙太郎さまです」

「ふたりいながら、防げなかったか」

「まさか厠で襲われるとは想像もしていなかったのでしょう」

「うむ。で、今調べは?」

「料理屋の者から知らせが行き、南町の沢井達之助という同心が駆け付けました」

「そうか。奉行所も乗り出したか」

「いちおう、兄上のお耳に入れておいたほうがいいかと思いまして」

「うむ。わしも戸田さまの周辺を調べてみよう」

「はい、では」

栄次郎は腰を上げた。

「栄次郎」

　兄が引き止めた。

　栄次郎は座り直した。

「なんでしょうか」

「母上が新しい養子先を見つけてきたようだ」

「そうですか」

　栄次郎はため息をついた。

　母はこれまでにも幾つか養子先を見つけてきた。

　部屋住の者はどこぞに養子に行くしか、身を立てる術《すべ》がない。だが、栄次郎には三味線がある。三味線弾きとして生きていきたいと思っているのだ。

　母にそのようなことを言おうものなら烈火のごとく怒るか泣き出すか。

「母上はそなたの行く末が心配なのだ」

　兄は言う。

「わかっていますが……」

　母の気持ちはありがたいと思っているが、それが栄次郎の望む生き方ではないのだ。

　このことを言っても、母が理解してくれることはあり得ない。

「まあ、いつものように断ればいい」

兄は苦笑して言う。

「わかりました」

栄次郎は頭を下げて立ち上がった。


翌日も早暁《そうぎょう》前に起き、栄次郎は刀を持って庭に出た。薪《まき》小屋の横にある枝垂れ柳《しだれやなぎ》のそばで、素振りをするのが日課だった。

田宮流居合術《たみやりゅういあいじゅつ》の道場で二十歳を過ぎた頃には師範にも勝る技量を身につけていた。三味線を弾くようになってからも、剣の精進は怠《おこた》らなかった。

自然体で立ち、柳の木を見つめる。栄次郎は深呼吸をし、心気を整えた。

栄次郎は居合腰になって膝を曲げながら左手で鯉口《こいぐち》を切り、右手を柄《つか》にかけ、右足を踏み込んで伸び上がるようにして抜刀する。

小枝の寸前で切っ先を止める。さっと刀を引き、頭上で刀をまわして鞘《さや》に納める。

再び、自然体で立つ。同じことを何度も繰り返す。

半刻（一時間）経ち、額から汗が滴《したた》ってくる。栄次郎は大きく深呼吸をして素振りを終えた。

井戸端に行き、体を拭いた。諸肌《もろはだ》を脱いだ栄次郎の体は、外見からはわからないたくましい筋肉で引き締まっている。

部屋に戻ると、女中が朝餉の支度《したく》が整ったことを知らせに来た。

兄といっしょの朝飯のあと、栄次郎は母に呼ばれた。

兄が養子の話だと目顔で言った。

仏間に行くと、母が仏壇に手を合わせていた。

栄次郎が母と入れ代わり、仏壇の前に座り、線香を上げて手を合わせた。仏壇に位牌がふたつ、父と兄嫁のものだ。

仏壇から離れ、母と向かい合った。

「昨夜も遅かったようですね」

母が切り出す。

「いえ、それほどでも」

栄次郎はしどろもどろになった。

「何をしていたのですか」

「別に」

役者の市村咲之丞や長唄の師匠といっしょだったとは言えない。

「まあ、いいでしょう」

母がそれ以上きこうとしなかったのでほっとした。

「じつはとてもいいお話があるのです」

「母上。私はまだ」

「まだ、なんですか。私は何も言っていませんよ」

母の顔が厳しくなった。

「まだ、この家で母上といっしょに暮らしていきたいのです」

栄次郎はあわてて言う。この言葉に、母は弱いのだ。

「また、それを」

母は声を詰まらせ、

「私もほんとうは栄次郎といつまでもいっしょにいたい。でも、それではあなたのためにならないから……」

「いえ。私は私なりに将来のことを考えています」

「どのような?」

「そのうちにお話をします。ですから、母上の話はまたいずれということで」

栄次郎はなんとか母を抑えて、

「では、出かけなければなりませんので」

栄次郎は腰を上げた。

「お待ちなさい。この話はあるお方も熱心に勧められているのです」

あるお方とは岩井文兵衛《いわいぶんべえ》のことだろう。亡くなった矢内の父が一橋家二代目の治済の近習番を務めていたとき、一橋家の用人をしていたのが文兵衛だった。

今は隠居しているが、何かと矢内家に対して力になってくれている。

「わかりました。心に留めておきます」

栄次郎は仏間から下がった。


栄次郎は本郷の屋敷を出て、加賀前田《かがまえだ》家の上屋敷の脇に沿って坂道を上がり、湯島の切通しを下った。

寛永寺《かんえいじ》の五重塔が目につき、かなたにも浅草寺《せんそうじ》の五重塔が望めた。

御徒町《おかちまち》から三味線堀を経て、鳥越神社の近くにある師匠の家に行った。

戸を開ける。まだ、朝が早いので弟子は来ていなかった。

内弟子に挨拶をし、栄次郎は見台《けんだい》をはさんで師匠と向かい合った。

「昨夜はたいへんでしたね」

師匠が先に口を開いた。

「菊川屋さんが朝早くお出でになりました。改めて、席を設けたいとのことでした」

「そうですか。師匠、これから『花むら』に行ってきます」

昨夜、同心の沢井達之助から四つ（午前十時）に『花むら』に来るように言われていることは、吉右衛門も聞いていた。

「そうでしたね、ご苦労さまです」

師匠はそう言い、栄次郎を送り出した。

蔵前の通りに出て、浅草御門を抜けて両国広小路を突っ切って薬研堀にやって来た。

薬研堀の近くに『花むら』がある。

黒板塀で囲われた二階建てだが、離れ座敷は平屋だった。

栄次郎が『花むら』の土間《どま》に入ると、戸田景昭の家来真山誠三郎といっしょになった。

「そなたは？」

真山がきいた。

「昨夜、座敷でお会いしました矢内栄次郎です」

栄次郎は答える。

「そうか。そなたも呼ばれたのか」

「はい」

「どうぞ」

　女将が上がるように促し、

「同心の沢井さまはお出でです」

　と、告げた。

　栄次郎と真山は女将について離れの座敷に向かった。

　木曾屋と戸田景昭が使っていた座敷に行くと、同心の沢井達之助が四十半ばの長身の男から話を聞いているところだった。

　材木問屋『木曾屋』の主人勘十郎《かんじゆうろう》だ。岡っ引きもいっしょだった。

　栄次郎たちに気づくと、沢井達之助は顔を向けた。

「ごくろうでござる」

　沢井は声をかけ、栄次郎と真山を中に招じた。

　ふたりは勘十郎と並んで腰をおろした。

「さて、昨夜の続きだが、戸田さまが厠に立たれたときのことだ。戸田さまは尿意を催して行かれたのだな」

沢井は木曾屋勘十郎にきいた。

「そうです。ご自分で立ち上がり、厠だと仰り、廊下に出ました。芸者のひとりが付き添いました」

勘十郎が答える。

「あなたは隣の部屋にいたのだな」

沢井は真山に顔を向けた。

「そうです。殿が廊下に出たようなので、私も廊下に出ました。殿が厠に入ったのを見届けました」

真山が答える。

「で、なかなか戸田さまは厠から出て来なかった？」

「そうです。芸者が不安そうな顔をして私に声をかけてきました。それで、私は厠の戸を叩き、殿と呼びかけたのです。でも、返事がなく、異変を察して戸を開けたら、殿が壁に寄り掛かって倒れていました」

「そのとき、何があったのだと思ったのだ？」

沢井はきく。

「厠の中ですし、急病かと思いましたが、殿に持病はなく、食中《しょくあた》りかとも」

「殺されたとは思わなかったのだな」

沢井はきいた。

「いえ、外傷も見当たらなかったことから毒を飲まされたのかとも一瞬思いました」

「殺されるかもしれないという危惧は常にあったのか」

「いえ、そういうわけでは」

真山はあいまいに答える。

「まあ、いいだろう。で、すぐに医者を？」

「医者を呼んだのは私です」

勘十郎が口を出した。

「芸者が悲鳴を上げたので廊下に飛び出し、厠で戸田さまが倒れているのを見て、女将に医者を呼ぶように頼みました」

「その間、真山どのは戸田さまを部屋に連れて行ったのだな」

沢井が確かめる。

「そうです」

「そのとき、戸田さまにまだ息があると？」

「いえ。倒れているのを抱き起こしたとき、息も脈もなく、死んでいると思いました。

でも、医者の手当てで息を吹き返すかもしれないと縋《すが》る思いで……」

真山は深刻そうな顔で言う。

「しかし、医者はすでに亡くなっていると告げたのだな」

「そうです」

真山は無念そうな顔をし、

「医者も死因はわからなかったんです。ですから、毒を飲まされた様子はときくと、毒によるものではないと言って医者は首を傾《かし》げていました。殿が死んだことの衝撃にうろたえていると、医者が盆の窪に針のようなもので刺された跡があると言ったのです」

と、さらに続けた。

「私はそれを見て、何者かの仕業だと思い、厠を調べました。すると、天井板が簡単に外れたのです。賊はここから下りて、殿の盆の窪を刺したのだと思いました」

「矢内どの」

沢井が顔を向けた。

「そなたは庭をはさんで反対側の座敷に向かう途中、床下の暗がりに不審な影を見たそうだな」

「そのときははっきり断定出来ませんでした。へたに騒いで、いらぬ混乱を招いてもと思って」

栄次郎はなぜもっと気にしなかったのかと悔いが残った。

「それはまさしく賊だったのではないか。その賊が厠の天井裏に移動したのに違いない」

沢井は言い切り、

「おそらく、その賊は最初から戸田さまを狙っていたのだろう。殺し方から見ても、殺しを専門にする者だ」

と、言った。

栄次郎もそう思った。

「殺し屋だとすると、誰かが雇ったのだ。戸田さまに恨みを持つ者、いなくなれば利益を得る者などの心当たりはあるか」

沢井は真山と勘十郎の顔を交互に見た。

「私はそこまでのことはわかりません。でも、殿はひとから恨まれるお方ではありません」

真山が答えた。

「たとえば、女のほうはいかがであろう」

「女？」

真山は驚いたようにきき返した。

「たとえば、戸田さまが手をつけた女に夫なり、許嫁《いいなずけ》がいたとか」

「そのようなことはありません」

勘十郎が口を出した。

「戸田さまは女には非常に淡白なお方でした。強引に自分のものにしようとはしませんん。長年のつきあいがある私は、殿さまが女に潔癖なことをよく知っています」

「では、戸田さまがいなくなって利益を得る者は？」

沢井はきいた。

「それはたくさんいると思います。なにしろ、作事奉行の席が空くわけですから」

勘十郎が言う。

「作事奉行の座を狙っている者がいると言うのか」

沢井は鋭い目を向けた。

「いえ。ただ、そういう考えも出来るということです」

勘十郎は言い訳のように言う。

「何か、それらしきことを聞いたことはないか」

沢井は真山に顔を向けた。

「いや、ありません」

真山は首を横に振った。

「あの」

勘十郎が不安そうに口にした。

「賊は戸田さまと私を間違えたということはないでしょうか」

「ほんとうの狙いは木曾屋だと言うのか」

沢井が眉根を寄せた。

「薄暗い厠の天井裏から見ていたのです。頭しか見えないので、見間違えたのではないでしょうか。ふとそんな考えが……」

勘十郎は怯えたように言う。

「ひとから恨まれる心当たりはあるのか」

沢井は追及した。

「…………」

「どうなのだ？」

沢井が迫る。

「商売をしていれば、相手を出し抜くこともあります。気がつかぬうちに恨みを買っていることも。それだけでなく、女のことでは私のほうにないこともなく……」

勘十郎は語尾を濁した。

「なるほど。そのことも考えられるな」

沢井は頷いたが、

「いくら怪しい人物を問いつめたとしても、自分が殺し屋を雇ったなどと白状はするまい。殺し屋を見つけるしか策はないか」

と、厳しい顔をした。

沢井は、下手人を見つけ出すことが先決だと言ったが、手口から明らかのようにかなり手練《てだれ》の殺し屋だ。この殺し屋を見つけ出すほうが困難ではないかと、栄次郎は思った。

「女将」

沢井は女将に声をかけた。

「最近、新しく雇った奉公人はいるか」

「いえ、おりません。一番新しく雇ったのは下男《げなん》で、半年前です」

「半年前か」

この殺しのために半年前から下男としてもぐり込んでいたとは考えられない。

「それに、五十近い男です」

女将は付け加えた。

「やはり、賊は外から忍び込んで来たのか」

沢井はつぶやくように言う。

「ちょっとよろしいでしょうか」

栄次郎は口をはさんだ。

「何か」

沢井が顔を向けた。

「下手人はかなりの腕利きの殺し屋だと思います。おそらく、これまでにも殺しを受けているかもしれません」

「うむ」

沢井は頷く。

さらに、栄次郎は続けた。

「そうだとしたら、依頼した者はどういう手蔓《てづる》で殺し屋に接触したのでしょうか」

「仲立ちをした者がいるな」

沢井は言ったあとで、

「矢内どのはなぜ役者の市村咲之丞の座敷にいたのだ?」

と、きいた。

「じつは私は長唄の師匠杵屋吉右衛門の弟子でして」

「長唄? 唄うのか」

「いえ、三味線です」

「侍のくせに……」

沢井は露骨に顔をしかめた。

栄次郎が啞然としていると、沢井は座敷の床下を調べ、厠へ移動して天井裏を調べた。栄次郎も真山とともに沢井についてまわった。

それから、庭に出て、塀際を歩いた。塀はそれほど高くない。侵入口はわからなかったが、身の軽い者なら容易に塀を乗り越えられそうだった。

庭木を伝って屋根に上がることが出来る。そこから厠の天井裏に入り込んだのだ。

「殺し屋は戸田さまがここに来ることを知っていたのか、あるいは乗物のあとをつけてここまでやって来たのか。いずれにしろ、床下にもぐり込んでいたのは戸田さまの座敷を確かめるためだったのであろう」

沢井は厳しい顔で言い、

「真山どのは、戸田さまと確執のある人物がいないかを調べていただきたい。我らは、殺し屋について調べる」

沢井はそう言い、現場の検証を終えた。

栄次郎は真山といっしょに『花むら』を出た。

四

両国広小路に、春の暖かい風が吹いている。小屋掛けがあちこちで作られていた。これから、もっと人出が増えてくる。

栄次郎は歩きながら、真山にきいた。

「真山さん、失礼ですがお屋敷のほうではいかがですか」

警護の役を果たせなかったことで非難を浴びているのではないかと気づかったのだ。

「針の筵《むしろ》だ」

真山は悄然《しょうぜん》と言い、

「田部井仙太郎ともども謹慎処分を食らっている。今日出て来られたのは、南町の同心に呼ばれたからだ」

「そうですか」

「真正面からぶち当たって来られたら防ぎようもあったが、あんな形で襲われたらどうしようもない。だが、お歴々は周囲の目配りが足りなかったと……」

真山は大きく息を吐き、

「いずれにせよ、殿を守れなかったのは事実だ。何も言い返すことは出来なかった」

床下の黒い影がまた脳裏を掠《かす》めた。あのとき、もっと気にしていれば作事奉行の旗本戸田景昭を守ることが出来たのではないかという後悔の念がまた蘇《よみがえ》ってきた。

しかし、黒い影がほんとうにひとだったのかは自信がない。厠で殺しがあったから、改めて気にしただけだ。

ただ、殺し屋が『花むら』の敷地内に侵入したことは間違いない。

それにしても、なぜ殺しの場所に『花むら』の厠を選んだのか。たまたま厠だったとは思えない。天井裏に潜んで待ち構えていたのだ。最初から厠を実行場所と決めていたのに違いない。

栄次郎は殺し屋の立場になって考えてみた。いつ来るかわからないのに、なぜ『花むら』の厠に決めたのか。

殺し屋は塀を乗り越えて『花むら』に侵入し、屋根裏に忍んだ。それだけの身の軽さがあれば戸田景昭の屋敷に忍び込み、天井裏から寝間に下りて目的を達成出来るのではないか。

そのほうがいつやって来るかわからない標的を待つより確実ではないか。

「真山さん」

栄次郎は声をかけた。

「何か」

「お屋敷で、戸田さまが就寝されるとき、警護の方は近くに控えているのですか」

「いや、普段はそこまではしていない。一刻（二時間）ごとに見廻りをするだけだ。なぜ、そんなことをきく？」

真山は不思議そうに栄次郎の顔を見た。

「殺し屋はなぜ、『花むら』の厠を選んだのでしょうか。いつ、戸田さまが来るかわからない料理屋の厠より、深夜お屋敷に忍び込んで就寝中を襲ったほうが確実だったのではないでしょうか」

「そうよな」

真山は厳しい顔になった。

「昨夜は、どんな目的で戸田さまと木曾屋さんは『花むら』に？」

栄次郎は真山にきいた。

「単なる接待だ」

木綿問屋『菊川屋』の主人段右衛門が言っていた言葉を思い出した。……戸田さまと木曾屋さんは昔からつながりが深いですからね。きっと何か大きな修繕工事でもあるのかもしれませんな。

段右衛門は作事奉行と木曾屋の癒着をほのめかしたのだ。

「真山さま。ひょっとして、大きな修繕工事が予定されていて、木曾屋さんはその工事のことで？」

「………」

真山は困惑した表情をした。

「そうなのですね」

栄次郎は念を押す。

「そうだ、今度、将軍家菩提寺《ぼだいじ》の改修が行なわれる。その件だろう。殿と木曾屋とは一番つきあいが深いからな」

「すでに木曾屋さんに決まっているのですか」

　栄次郎は確かめる。

「いや、正式にはまだだ。だが、今度も木曾屋で決まるだろう。これまでも、何度も木曾屋が仕事を請け負っているからな」

　真山は顔をしかめて言う。

「失礼ですが、戸田さまと木曾屋さんは癒着しているということですね」

　栄次郎ははっきり言った。

「歴代の作事奉行も同じようなことをしていたようだ」

　真山は認めた。木曾屋は賄賂《わいろ》を贈っているのだろう。

「他の材木問屋がよく黙っていますね」

　栄次郎は疑問を口にする。

「いや、殿に近付いてくる者もたくさんいる。だが、木曾屋との結びつきは強いからな」

「木曾屋との関係に強引に割り込もうとする材木問屋はいないのですか」

　栄次郎はきいた。

「今、熱心に殿に近付いてきているのが『新木屋《あらきや》』だ。最近伸《の》してきた材木問屋だ」

「『新木屋』さんですか。真山さんは『新木屋』さんの主人とはお会いに？」

「殿が招かれた先で、何度か」

「新木屋さんはいつもどちらで？」

「深川《ふかがわ》の門前仲町《もんぜんなかちょう》にある料理屋だ」

真山は答えたあとで、はっとしたように、

「木曾屋が言っていたように、狙う相手を間違えたということをどう思う？」

と、きいた。

「木曾屋がいなくなれば、後釜になれるかもしれない。そういうことからすれば、狙いが木曾屋だったこともあり得なくはない」

「いえ、狙いはあくまでも戸田さまだと思います」

「なぜだ？」

真山はきいた。

「かなりの腕利きの殺し屋です。狙う相手を間違うとは思えません」

栄次郎は言い切った。

「そうだろうか」

「悲鳴を上げさせずに殺し、その姿さえ誰にも見られていないのです」

「うむ」

真山は唸ってから考え込んだ。

「矢内どの」

ふいに真山が立ちどまった。

「頼みがある」

「なんでしょうか」

「『新木屋』について調べてくれないか」

「私がですか」

栄次郎はきき返した。

「そうだ」

「でも、奉行所のほうで調べるでしょう」

栄次郎は戸惑いながら言う。

「いや、さっきの沢井という同心は有能なようだが、殺し屋を調べると言っていた。そこらへんのごろつきを殺し屋として雇ったのではない。凄腕の殺し屋を見つけ出すのは容易《たやす》いことではない。仮に、殺し屋を捕まえたとしても、依頼人の名は絶対に白状しないはずだ」

「ええ、そう思います」

栄次郎は応じる。

「俺は謹慎の身で自由に動けない。殿の周辺のことなら探ってみるが、そなたに『新木屋』について調べてもらいたい」

「真山さまは新木屋さんに疑いを?」

「いや、そういうわけではないが……」

真山は眉根を寄せた。

「考えられることは調べてみたい」

「私にはそれをする理由がありませんが」

栄次郎は戸惑った。

「俺の代わりだ。新木屋から何か言われたら、俺に頼まれて調べていると言えばいい」

真山は真剣な眼差しで、

「頼む。殿の無念を晴らすためだけでなく、俺と田部井の名誉のためにも殺し屋を雇った者を見つけ出したいのだ」

と、頭を下げた。

栄次郎はひとから頼まれたらいやとは言えない性分であり、またひとが困っていれば手を差し伸べるというお節介焼のところがある。これは亡き矢内の父のお節介病を受け継いでいるのだ。

だが、今回の場合はそれだけではない。床下に怪しい影を見ておきながら何も出来なかったという悔しさがあった。

「わかりました。やってみましょう」

栄次郎は引き受けた。

「助かる」

真山はほっとしたように言う。

「今夜は通夜で、明日が葬儀。木曾屋も新木屋も参列するだろう。新木屋に近付くなら、明後日《あさって》のほうがいい」

「そうします」

「何かあったら、小川町《おがわまち》にある屋敷に来て、俺を呼び出してくれ。俺のほうから知らせることがあったら?」

真山がきいた。

「浅草黒船町《くろふねちょう》にお秋《あき》というひとが住んでいます。南町奉行所年番方与力の崎田孫兵《さきたまごべ》衛《え》さまの妹御《いもうとご》です。そこにいますから」

「南町の？」

「ええ」

「わかった。浅草黒船町のお秋どのだな」

真山は確かめた。

「ひとつお訊ねしてよろしいでしょうか」

栄次郎は口調を改め、

「戸田さまにはお子さまは？」

と、きいた。

「成人の男子がおられる。だから、御家の心配はない」

真山は安心したように答える。

「殿はまだまだやり残したことがたくさんあったろう。そのことでは無念に違いないが、立派な跡継ぎを残しておられた」

「そうですか」

栄次郎も安心した。

「矢内どの。頼んだ」

柳原《やなぎわら》通りを行く真山と別れ、栄次郎は浅草御門に向かった。

蔵前の通りを行き、浅草黒船町にやって来た。

お秋の家に入って行く。

お秋が迎えた。

「栄次郎さん、いらっしゃい」

お秋は昔矢内家に女中奉公していた女である。世間には南町与力の腹違いの妹と言っているが、ほんとうは妾《めかけ》だった。

母は栄次郎が三味線に現《うつつ》を抜かすことを許すはずがなく、やむなく浅草黒船町のお秋の家の二階を、三味線の稽古用に借りている。

二階の部屋に入り、窓辺に寄った。

窓を開ける。目の前に大川《おおかわ》が見える。右手には御厩河岸《おうまやがし》の渡し船が対岸の本所《ほんじょ》とを行き来している。

とんだ事件に巻き込まれたが、来月の桜の宴にそなえ、三味線の稽古をしなければならない。

窓から離れ、栄次郎は三味線を取り出して、稽古をはじめた。

夢中で弾いていて、気がつくと辺りは暗くなってきた。

静かに襖が開いて、お秋が入って来た。行灯《あんどん》に灯を入れて出て行く。

栄次郎は撥を持つ手を下ろした。

また殺しのことに思いを馳せた。やはり、大きな謎は殺害場所だ。なぜ、料理屋だったのか。

屋敷ではなくて料理屋だったのか。栄次郎はそのことにこだわっていた。

五

ふつか後の昼前、栄次郎は深川の三好町《みよしちょう》にやって来た。

川では諸肌を脱いだ筏師《いかだし》が筏に組んだ丸太を運んで来た。背中の彫物が陽光に輝いていた。半纏を着た川並《かわなみ》の姿もあちこちに見えた。

栄次郎は材木置場の前を過ぎ、間口の広い材木問屋『新木屋』の店先に立った。

土間に入り、番頭らしい男に声をかけた。

「私は戸田景昭さまの家来真山誠三郎の知り合いで矢内栄次郎と申します。ご主人にお会いしたいのですが」

「戸田さまの……。少々、お待ちください」

番頭は奥に引っ込んだ。

少し待たされたが、戻って来た番頭は栄次郎を客間に案内してくれた。

客間では待つほどのこともなく、細身の三十代半ばと思える男が入って来た。困惑した表情をしている。

「主人の貞太郎《さだたろう》ですが」

座ってから名乗った。目尻はつり上がって、鷲鼻《わしばな》で、鋭い顔だちだった。

「真山さまの知り合いの矢内栄次郎と申します」

栄次郎は挨拶をした。

「戸田さまはとんでもないことになりました」

貞太郎は困惑したような表情で言う。

「その件で、新木屋さんからお話をお伺いしたいと思いまして」

栄次郎は切り出し、

「じつは、私は一昨日の夜、現場の料理屋におりました」

と、告げた。

「そうですか。戸田さまは厠で襲われたとか」

貞太郎は見かけと違い、穏やかな口調だった。

「そうです。殺し屋が侵入し、厠の天井裏で待ち伏せていたようです」

「殺し屋ですか」

貞太郎は眉根を寄せる。

「ええ、当然、殺し屋を雇った者がいるのです。奉行所のほうで捜索していますが、真山さまも独自で調べようとなさっています」

栄次郎は続けた。

「一昨日の夜、戸田さまは木曾屋さんの招きで、薬研堀にある『花むら』に行ったのです。今、大がかりな寺の改修工事が計画されているそうですね。その件での話し合いだったかと思われます」

「そうでしょうか」

貞太郎は疑問を呈する。

「確かに、徳川家菩提寺の改修工事が計画されています。しかし、それはまだ木曾屋さんに決まったわけではありません」

「すると、新木屋さんにもまだ好機があると?」

栄次郎はきく。

「私だけでなく、他の材木問屋もそうです。みなさん、戸田さまにはご挨拶をしていますから。でも、これですべて白紙です」

　貞太郎は渋い顔をした。

「なぜ、戸田さまは狙われたと思いますか」

「さあ」

「作事奉行だからでしょうか。それとも、私事で？」

「私にわかるはずありません」

「菩提寺の改修工事に絡んで何か妙な噂を聞いたりしませんでしたか」

「妙な噂とは？」

「戸田さまに貢いだのに裏切られたとか」

「まるで、材木問屋の誰かが戸田さまを殺《あや》めたかのように聞こえますが」

　貞太郎が警戒するように言う。

「そういうことも考えられるということです」

「…………」

　貞太郎は押し黙った。

「ところで、昨日の葬儀には新木屋さんも参列なさったのですか」

と、栄次郎は話題を変えた。

「もちろんです。材木問屋の主人もみな顔を見せていました」

「そこで、何か噂などは出なかったでしょうか」

「さあ」

「いかがでしょうか。何か思い当たるようなことは？」

「これぱかりは滅多なことは言えません」

貞太郎は慎重になった。

「そうですね。まったく関係ないひとを疑うことになりますからね」

栄次郎も頷き、

「でも、私は奉行所の者ではありません。あくまでも戸田さまのご家来真山さまに手を貸して調べているだけです。何を聞いたとしても、それでどうのこうのということはありません。ただ、真相を知りたいだけなのです」

「特には……」

貞太郎は言葉を濁し、

「そろそろ、客がお見えになる頃なので」

と、話を切り上げようとした。

「最後にもうひとつ」

　栄次郎は声をかける。

「戸田さまがお亡くなりになって、得をするのは誰だと思いますか」

「さあ。材木問屋は誰も得はしないでしょう」

「では、誰が一番戸田さまを恨んでいたか」

「さあ」

　貞太郎は首をひねって、

「しいていえば、一番賄賂を贈っていたのに裏切られた者でしょうね」

と、鋭い目を向けて言った。

「それは誰でしょうか」

「…………」

　貞太郎は口を開きかけて閉ざした。

　何か知っているのではないかと思い、

「どんなことでも構いません。何か気づいていることがあれば……」

「いえ、何も」

「わかりました。また、何かあったらお話をお聞かせください」

栄次郎はそう言い、腰を上げた。

『新木屋』を出たところで、同心の沢井達之助と岡っ引きに出会った。

「そなたは……」

「『花むら』でお会いした矢内栄次郎です」

沢井は『新木屋』の看板に目をやってから、

「『新木屋』の帰りか」

と、鋭くきいた。

「はい」

「なんのために『新木屋』に？」

「戸田さまとの関係をお伺いしに」

「なぜだ？」

「じつは戸田さまのご家来の真山さまに頼まれまして」

栄次郎は正直に答えた。

「だから、なんのために『新木屋』と戸田さまの関係を聞きに来たのだ？」

「真山さまから最近は『新木屋』さんの主人と会う機会が増えていたとお聞きしたので」

「ようするに、そなたは事件を調べているというのか」

「そこまでは……」

栄次郎は返答に窮した。

「そんなはずはない」

いきなり、沢井は強い口調になった。

「えっ？」

栄次郎は驚いて相手の顔を見た。

「戸田さまのご家来が、なんの関係もないそなたに探索を頼むはずはない」

沢井は言い切った。

「確かに、そうです。でも、私は同じ場所に居合わせた者ですから」

栄次郎も沢井に同調した。

「まあいい。真山どのに確かめてみる」

「そうしていただけると」

栄次郎は頭を下げる。

「そなたの住まいは本郷であったな」

沢井はきいた。

「すみません。昼間はほとんど浅草黒船町のお秋というひとの家におります。用があれば、そこをお訪ねくださいませんか」

「浅草黒船町のお秋だな？」

沢井は確かめる。

「そうです」

「わかった」

「あっ、沢井さま」

栄次郎は沢井を呼び止めた。

「沢井さまは殺し屋の探索を先にやるということでしたが、なぜ『新木屋』さんに？」

「そなたに説明する謂われはない」

そう言い、沢井と岡っ引きは『新木屋』に向かった。

ふたりを見送ってから、栄次郎はお秋の家に戻った。


その日の夕方だった。

栄次郎が三味線の稽古を終えたとき、階段を上がって来る足音がした。お秋の足音だとわかった。

　崎田さまがもう来たのかと、栄次郎は思った。

「失礼します」

　声をかけ、お秋が障子を開けた。

「南町の沢井さまがお見えですよ」

「沢井さまが？　上がってもらってください」

　昼間のことを思い出しながら、栄次郎は言った。

「いいんですか」

　お秋が困ったような顔をした。

「何か」

「沢井って同心、なんだか栄次郎さんをよく思っていないような感じでしたよ」

「そうですか。でも、だいじょうぶです」

「じゃあ、お呼びしますけど」

　お秋は不安そうに言い、階下に向かった。

　すぐに、お秋が沢井と岡っ引きを連れて来た。

　ふたりは部屋に入り、栄次郎と向き合って座った。

「ごくろうさまです」

栄次郎はふたりに頭を下げた。

「矢内どの」

沢井が鋭い声を出した。

「あれから、戸田さまの屋敷に行き、真山どのに会ってきた。そなたに捜索の依頼などしたことはないと言っていた」

「真山さまが、ですか」

栄次郎は耳を疑った。

「そうだ」

沢井が嘘をついているようには思えなかった。

「それは……」

栄次郎は返答に詰まった。

「それなのに、そなたは新木屋に会い、戸田さまとの関係を執拗にきいていたようだな。なぜ、独断でそんな真似をしたのだ?」

沢井は問いつめるようにきいた。

「独断ではありません」

栄次郎は穏やかに言う。

「真山どのはそなたにそんな依頼はしていないのだ。そなたの独断でなくて、なんだと言うのか」

沢井はだんだん口調が強くなった。

「どんな狙いから新木屋に行ったのだ？」

「その前に教えてください。真山さまにお訊ねしたとき、その場にどなたかいらっしゃいましたか」

「いた」

「どなたが？」

「用人どのだ」

「なるほど」

それで、よそ者の栄次郎に探索を頼んだことを認められなかったのだ。

「何がなるほどだ」

沢井が吐き捨てるように言う。

「申し訳ありません」

栄次郎は素直に謝った。

「さあ、答えてもらおう。なぜ、新木屋に会いに行ったのだ？」

沢井は改めてきいた。

「最近、新木屋さんは戸田さまと頻繁に会っていたようです。そこから、何か手掛かりが得られるかもしれないと思いまして」

栄次郎は答える。

「なぜ、そなたがそのようなことをしなければならないのだ？」

真山に頼まれたことを言っても、堂々巡りになるだけだ。

「正直言いますと、前にも話したと思いますが、私はあのとき床下の暗がりに黒い影を見たような気がしたのです。それが殺し屋だったかどうかわかりませんが、その後に起こったことから殺し屋だったのではないかと。あのとき、もっと何か出来なかったのかと後悔があるのです」

栄次郎は正直に答えた。

「そのことだが、黒い影を見たというのはほんとうなのか」

沢井は疑いの目を向けた。

「見たような気がしただけですが」

「矢内どの」

沢井は口元を歪め、

「そなたは何のために、あの夜、『花むら』にいたのだ?」

睨みつけるような目を向けた。

そのことはあの夜も話したはずなのに、沢井はわざときいてきた。疑っているのだということを、暗に言っているのか。

「私の師匠杵屋吉右衛門が『菊川屋』さんの旦那に招かれたので、そのお供をしたまでです」

「それは、そなたが言い出したのか」

「お供を、ですか」

「そうだ」

「いえ、師匠に誘われました」

「間違いないか」

「はい」

「黒い影を見たと訴えたことや、わざわざ『新木屋』まで赴いていることといい……」

沢井は口元を歪めて言う。

「なるほど」

栄次郎はやっと気がついた。

「確かに、私に疑いがかかってもおかしくはないですね」

「そなたは、新木屋に戸田さまとの関係を執拗にきいていたそうだな。新木屋も同じことを言っている」

「そうです」

「だが、新木屋もそなたも偽りを述べていることも考えられる。そなたは、別の用件で『新木屋』を訪れたのではないか」

「別の用件ですか」

栄次郎は沢井の言いたいことに気づいた。

「私が殺し屋を『花むら』に引き入れ、新木屋さんには殺しがあった状況を説明するために会いに行ったとお考えなのですね」

「そういうことも否定出来ないということだ」

沢井は栄次郎を疑っていることを認めた。

「沢井さまは、まず殺し屋のことを調べることが先だと仰っていましたが、なぜ新木屋さんに目をお付けになったのですか」

栄次郎は逆にきいた。

「通夜や葬儀で耳にした参列者の話だ。最近、頻繁に新木屋が戸田さまに接触しているという。戸田さまは木曾屋との結びつきが強かったそうだ。そこに新木屋が割って入ろうとした。だが、うまくいかなかったのだ」

「だから、殺し屋を使って戸田さまを、ですか」

「そうだ」

「殺し屋を斡旋したのが私だと言うのですね」

「そういうことも考えられるということだ」

沢井は吐き捨てるように言う。

「新木屋さんがそれだけのことで戸田さまを殺そうとするでしょうか。戸田さまを殺して、新木屋さんにどんな利益がありましょうか。商人は得にならないことはしないのではないかと思えるのですが」

「裏切られたと思ったのかもしれぬ」

「裏切りですか」

「新木屋は戸田さまと木曾屋との仲を裂こうとし、半ばうまくいきかけた。だが、ここにきて戸田さまが裏切った。その恨みからだ」

沢井は言い放つ。

「私と新木屋さんがつるんでいるという証《あかし》は何かお持ちですか」

栄次郎はきく。

「いや、ない。だが、そなたに頼めば殺し屋を世話してくれる。それで、新木屋はそなたに接触したとも考えられる」

「私が殺し屋との仲介人だとしたら、わざわざ殺しの状況を報告に行くと思いますか」

栄次郎は反論する。

「もしかしたら、報酬の残り半金の受け取りに行ったのかもしれない」

「確かに、私が殺し屋との仲介人だという見方もあり得ますね」

栄次郎は素直に頷きながら、

「でも、仲介人が殺しの現場に立ち合いましょうか」

と、疑問を口にした。

「そういう約束での依頼だったら？　依頼人は戸田さまの最期の様子を知りたかったのではないか」

「そうなると、菊川屋さんの主人が市村咲之丞やうちの師匠を『花むら』に招いたのにも裏があるとお考えですか」

栄次郎は諭《さと》すように、

「沢井さま。はっきり申します。私は関係ありません」

窓の外はすっかり暗くなっていた。

「関係あるかないか、こちらで調べる」

「そんな無駄なことに……」

栄次郎はため息をついた。

「きょうのところはこれで引き上げる。また、改めて参る」

そう言い、沢井と岡っ引きは立ち上がった。

「殺し屋についてわかったことはありますか」

栄次郎も立ち上がってきいた。

「気になるか」

沢井は口元を歪め、

「これまでに、盆の窪を刺されて殺された事例が二件報告されている。いずれも、下手人はわからぬままだ」

と、口にした。

「その二件とは？」

栄次郎は確かめた。

「きくまでもなかろう」

沢井は言い、部屋を出て行った。

栄次郎は啞然としていた。まさか、本気で疑っているとは思わなかった。

階下が騒然とした。栄次郎は部屋を出て階段を下りた。

「これは崎田さま」

沢井の声がした。

崎田孫兵衛がやって来たのだ。

「なぜ、ここにおる？」

孫兵衛が不思議そうにきいた。

「栄次郎さんに会いに」

お秋が口をはさむ。

「ほう、栄次郎どのが何か」

孫兵衛は訝《いぶか》しげにきいた。

「崎田さまはどうしてここに？」

沢井が困惑ぎみにきく。

「この者はわしの腹違いの妹でな」

孫兵衛は平然と言い、

「で、栄次郎どのがどうかしたのか」

と、もう一度きいた。

「戸田さまの件で」

沢井が言うと、栄次郎は階段を下りきって、

「戸田さまが殺された現場に、たまたま私がいたのです」

と、伝えた。

「そうか。それはよかった。この栄次郎どのはこれまでにも数々の事件に手を貸してくれて解決に導いてくれている」

「…………」

沢井は唖然としていた。

「栄次郎どの、よろしく頼んだ」

孫兵衛は一方的に言う。

「わかりました」

栄次郎は答える。

「で、終わって引き上げるところか」

「はい」

沢井は畏《かしこ》まって言う。

「ごくろうであった」

孫兵衛は頷きながら部屋に上がった。

「失礼します」

沢井は孫兵衛に頭を下げ、急いで戸口に向かった。

「沢井さま」

栄次郎は呼び止めた。

沢井は立ちどまり、困惑顔で振り向いた。

「例の二件の事例ですが」

「また、改めて参る」

沢井はそう言い、逃げるように出て行った。

「崎田さま、ありがとうございました」

栄次郎が言うと、孫兵衛は首を傾げていた。

第二章　依頼人

一

翌日、栄次郎は本郷の屋敷からまっすぐ浅草黒船町のお秋の家に行った。いつもより、早く着いた。

戸を開けて土間に入ると、お秋が勝手口から出て来て、

「栄次郎さん、真山誠三郎というお侍さんが訪ねて来て、栄次郎さんはあと半刻（一時間）経たないと来ないかもしれないと言ったら、またその頃に顔を出すと仰《おつしや》ってました」

と、告げた。

「そうですか」

近くにいるかもしれないと、栄次郎は土間を出た。

大川端に出て、辺りを見まわした。しかし、真山らしい侍の姿はなかった。

御厩河岸のほうにも姿はなく、反対の吾妻橋《あづまばし》のほうに向かった。諏訪町《すわちょう》から駒形《こまがた》町《ちょう》に入り、駒形堂までやって来た。

念のために境内に入ってみた。お堂の近くには姿は見えなかった。諦めて引き返そうと思ったとき、鳥居をくぐって来た侍がいた。

栄次郎は近付いていった。

「真山さん」

「やっ、矢内どの」

真山は不思議そうに、

「どうしてここに?」

と、きいた。

「私を訪ねて来たと聞いて捜しに来ました」

「探しに来てくれたのか」

真山はため息をつき、

「矢内どのに謝《あやま》らなければならないことがあってな」

と、顔をしかめて切り出した。

「沢井という同心にきかれて嘘をついてしまった。申し訳ない」

真山は頭を下げた。

「いいんですよ」

「用人どのがそばにいたもので、ほんとうのことが言えなかった。外の者に、探索を頼んだと知れたら、用人どのからこっぴどく叱られるので」

真山は釈明した。

「迷惑なことはなかったか」

「沢井さまからは、私が殺し屋を手引きしたと疑われました」

「なんと」

真山は目を剝いた。

「真山さん、立ち話もなんですから、お秋さんの家に行きましょう」

栄次郎は誘った。

お秋の家の二階で、栄次郎と真山は向き合った。

「謹慎の身で、出てだいじょうぶなのですか」

「解いてもらった。相手の殺し屋が尋常でないことがわかって……」

「そうですか」

「矢内どの。新木屋はどうだったか」

真山が切り出した。

「最近、新木屋さんは戸田さまにかなり接触を図っていたようですね」

「うむ。そうだ」

「おそらく、戸田さまと木曾屋さんとの間に割って入ろうとしていたんじゃないでしょうか」

「そうだ。殿もそれらしきことを話していたことがあった」

真山は認めた。

「で、実際はどうだったのでしょうか。新木屋さんの思惑どおりになったのかどうか」

「わからないのだ」

真山は首を横に振った。

「わからないとは？」

「殿の考えがだ。殿は正式に決まらないと話してくれないからだ」

真山はそう言ってから、

「で、新木屋はどんな印象だ?」

と、きいた。

「真山さん。ひとつお訊ねしてよろしいですか」

栄次郎は改まって口にした。

「何か」

「なぜ、私に新木屋さんを調べさせようとしたのですか」

「それは、新木屋と殿がかなり接触を図っていたからだ」

「つまり、新木屋さんを疑ったということですね」

「まあ、そういうことだ」

「私も最初はそうだと思いました。でも、真山さんが疑いの目を向けたのは新木屋さんではないのでは?」

「なぜ、そう思うのだ?」

真山は少し狼狽したようだ。

「ほんとうに新木屋さんを疑っているなら、ご自分で調べるのではないでしょうか。部外者の私にやらせるのはやはり不自然です」

「…………」

「ほんとうは、真山さんは新木屋さんが殺しに関わっていないことを私に調べさせたかったのではありませんか」

「新木屋は関わっていないと思うか」

真山は真顔できいた。

「私はそう思います」

「そうか」

真山は厳しい顔になった。

「やはり、真山さんは別の誰かに疑いを向けているのですね」

「いや……」

「…………」

「ひょっとして、真山さんが疑いを向けているのは木曾屋さんではありませんか」

真山は曖昧に返事をした。

「そうなんですね」

「なぜ、そう思うのだ？」

「木曾屋さんと張り合う相手として新木屋さんの名を出しました。それまでは戸田さまと木曾屋さんの関係は磐石《ばんじゃく》だったのではありませんか。そこに、新木屋さんが名乗りを上げてきた。新木屋さんと木曾屋さんの競い合いが殺しの背景にあると思われたのでは？」

「うむ」

真山はため息をついた。

「殿と木曾屋は長年に亙《わた》って深いつながりがあった。ところが、最近、新木屋が殿に近付いてきた。賄賂も木曾屋のよりはるかに多いようだ」

真山は打ち明け、

「殿に迷いが見られた」

と、言った。

「木曾屋さんと別れ、新木屋さんと手を結ぶかどうかですね」

「そうだ」

「どちらでしたか」

「俺の印象では、殿は新木屋に気持ちが傾いているように感じられた。しかし、今までのつきあいから木曾屋を無下《むげ》に出来なかった。おそらく、殿は両方にいい顔をしていたのではないか」

真山は顔をしかめた。

「両方にですか」

「そうだ。木曾屋はこれまでのつきあいから、今度の菩提寺の改修工事にも自分のところが選ばれると信じていただろうし、一方新木屋にしても、木曾屋にとって代われると思っていたのではないか」

「そんな戸田さまに木曾屋さんが危機を感じたと、真山さんは思っていらっしゃるのですね」

「そうだ」

「でも、仮にそうだとしても、戸田さまを殺しても菩提寺の改修工事が木曾屋さんに決まるわけではありません」

栄次郎はさらに疑問をぶつける。

「それより、殺し屋を雇うなら新木屋さんを狙ったほうが……」

「それが、そうとも言えない」

真山は苦い顔をした。

「どういうことですか」

「木曾屋は最近になって、勘定吟味役《ぎんみやく》の武川惣兵衛《たけかわそうべえ》さまに近付いているのだ」

「勘定吟味役の武川さま？　なぜ、武川さまに？」

「武川さまは勘定吟味役としての仕事ぶりが評価をされているのだ。それで、勘定奉行が武川さまを次の作事奉行に推したいと言っていたという噂があるのだ。木曾屋は新木屋寄りになった殿を見限り、次の作事奉行になるかもしれない武川さまに乗り換えたともいえる。つまり、殿がいなくなれば、新しい作事奉行によって菩提寺の改修工事に木曾屋が参入……」

「まさか、武川さまにも疑いを向けているのですか」

栄次郎は驚いてきいた。

「いや、そこまでは……」

「では、あくまでも、木曾屋さんひとりの考えだと？」

「武川惣兵衛さまが次の作事奉行になるというのはあくまでも噂だけなのだ。確実ではない」

真山は苦しそうに言う。

「いずれにしろ、真山さんは木曾屋さんに疑いを向けているのですね」

栄次郎は確かめた。

「そうだ。新木屋でなければ木曾屋だ」

真山は膝を進め、

「そこでまた頼みがある」

「なんでしょうか」

「木曾屋にこの考えをぶつけて反応を確かめてもらいたい」

「木曾屋さんに？」

栄次郎は驚いてきき返す。

「なぜ、真山さんがご自身でなさらないのですか」

栄次郎はきき返す。

「俺だと、いろいろ差し障《さわ》りが……」

「なるほど。木曾屋さんを問いつめると、武川惣兵衛さまの名を出さざるを得ない。戸田家としてはそのような真似が出来ないと？」

「そうだ」

真山は素直に認め、

「このことは俺だけの考えではない。じつは用人どのに俺の考えを話した。すると、用人どのも同じ考えだったのだ。ただ、証拠がないので騒げないだけなのだ」

「しかし、木曾屋さんの反応を確かめたところでどうにもなりません。仮に木曾屋さんが依頼人だったとしても認めるはずはありません」

「うむ」

「殺し屋が捕まったとしても、口を割らないでしょう」

「そうだとすると、真相は藪《やぶ》の中のままだ」

真山は悔しそうに言う。

「ともかく、木曾屋さんの反応だけは確かめてみましょう」

栄次郎は言った。

「やってくれるか」

「はい」

「このとおりだ」

真山は頭を下げた。

「俺は殿に拾われたのだ。御家人《ごけにん》の部屋住で鬱屈した生活をしていたところを家来にならないかと声をかけてくださった」

「そうなんですか」

栄次郎は改めて真山の戸田に向ける思いを知った。

「そなたも俺と同じ部屋住だが、そなたには三味線《しゃみせん》がある。俺には何もない」

真山は自嘲ぎみに言う。

障子の向こうから、お秋の声がした。

「沢井さまがお見えです」

「沢井……。同心の沢井どのか」

真山が眉根《まゆね》を寄せた。

「そうです。顔を合わせるのが困るなら……」

「いや、いい。いい機会だ。ここに呼んでもらおう」

真山は言った。

「わかりました」

栄次郎は立ち上がり、部屋を出た。

階下に行き、土間に立っている沢井に会釈をした。きょうはひとりだった。

「矢内どの。昨日は失礼した。今日、改めて崎田さまから矢内どのについてお伺いしました。これまでにも何度も奉行所の探索に手を貸してくださっていたことをお聞きしました。失礼の段ひらに……」

「なんとも思っていません」

栄次郎は声をかけ、

「真山さんがいらっしゃっています。上がりませんか。真山さんがお会いしたがっています」

「なに、真山どのが？」

沢井は大きく頷き、腰から刀を外して部屋に上がった。

二階の部屋で、沢井は真山と対面した。

「沢井どの。私は先日、嘘をついてしまいました。矢内どのに新木屋の調べを頼んだのはほんとうです」

真山は頭を下げた。

「いや、そのことはもう」

「沢井さま、今日は何か」

栄次郎はきいた。

「盆の窪を刺されて殺された二件について」

沢井は切り出した。

栄次郎は耳を傾ける。

「ある大名家の留守居役から上役の与力どのがお聞きしたことですが、一年前にその大名家の国許《くにもと》で、筆頭家老が盆の窪に針のようなもので刺されて死んだそうです。筆頭家老は奸計《かんけい》を用いて御家乗っ取りを企てていた。病死として発表されました。下手《げしゅ》人《にん》はわからず仕舞いだったようです」

「どこで殺されたのですか」

栄次郎はきいた。

「お城の二の丸にある家老屋敷の寝間だそうだ。就寝中に殺されたとのこと。朝まで死んでいたことに誰も気づかなかったという」

「同じ下手人ですね」

栄次郎は目を見開いた。

「その御留守居役の隣の国でも、ご城下の回船問屋の主人が自分の家で盆の窪を刺されて死んでいたという話でした」

「そんな凄腕の殺し屋が江戸にやって来たというわけですね」

栄次郎が緊張した声で言う。

「なんと」

真山が驚いたような顔をした。

「今、奉行所でもその殺し屋について詳しい話を集めているところですが、殺しの依頼主は二件ともわからず仕舞いだったそうです。疑わしい人物はいても証拠はなく、そのままに」

「いつ江戸に来たのか。ひょっとして、すでに仕事をしているかもしれません。ただ、盆の窪の傷に気づかずに病死として扱われたか、あるいは世間体《てい》を慮《おもんぱか》って殺されたのを隠したか」

栄次郎はすでに犠牲者が出ているのではないかと想像した。

「江戸での不審死を調べてみる」

「お願いします。たとえやくざでも大物といわれる人物が亡くなったり、さらにいえば、対立している勢力の一方の頭《かしら》のような人物が亡くなっていないか」

「大物か。よし」

沢井は意気込んで言う。

「問題は、依頼主はどういう手蔓《てづる》でその殺し屋と接触したかですね。おそらく、仲立ちの人物がいるはずです」

その人物を見つけることが出来ればと、栄次郎は思った。

「絶対に殺しの依頼主を探し出す」

真山は声を絞り出したあとで、

「私はもう屋敷に戻らねばなりません」

と、立ち上がった。

「また何かわかったら教えてください。失礼します」

真山は沢井にも挨拶をし、部屋を出て行った。

栄次郎は階下まで見送りに行き、部屋に戻った。


栄次郎は今度は沢井と差向《さしむか》いになった。

「沢井さま。改めてこれまでの調べでわかったことを教えていただきたいのですが」

栄次郎は切り出した。

「いいだろう」

沢井は素直に頷き、語りだした。

「まず、『花むら』の奉公人や客から、あの夜のことを聞いたが、怪しい人物を見た者は誰もいなかった。塀を乗り越えて侵入したのだから当然だろう。つまり、殺し屋の姿を誰も見ていない」

沢井は難しい顔で言い、

「もちろん、客の中で、戸田さまと関係がありそうな者は誰もいなかった。やはり、殺し屋は依頼を受けて『花むら』に侵入し、戸田さまを厠《かわや》にて殺害し、再び塀を乗り越えて姿を消した。このことに間違いがないようだ」

沢井は改めて事実を追認した。

「殺し屋はなぜ、戸田さまが『花むら』に来ることを知っていたのかですが」

栄次郎は口をはさむ。

「尾行していたのだろう。たまたま、『花むら』に入ったので……」

「『花むら』では常にひとの目がありました。唯一、ひとりになるのは厠だけです。でも、必ず厠に行くかどうかわかりません」

「凄腕の殺し屋だ。常に万全な状況になって殺しに踏み切るはずだ。厠に行かなかったら、その夜は諦めたのではないか」

「…………」

確かにそういう見方もあろう。しかし、栄次郎は納得がいかなかった。毎日のように尾行をして、いつ訪れるかもわからない機会を窺っているより、やはり屋敷に侵入し、寝込みを襲ったほうが確実ではないか。

そのことを言うと、

「屋敷に侵入するほうが難しかったのではないか」

と、沢井は一蹴した。

「いえ、真山さんの話だと、戸田さまは寝間ではひとりだそうです。側室《そくしつ》を呼んでも、寝入るときは引き上げさせるということです」

「では、矢内どのは『花むら』でなければならなかったとでも言うのか」

沢井は真顔できいた。

「そうだと思います」

「なぜ、『花むら』なのだ?」

「依頼人の意向ではないかと」

栄次郎は自分の考えを口にした。

「依頼人が『花むら』で殺してくれと頼んだとでも?」

「そうです」

「なぜ、そんなことを?」

沢井はきく。

「依頼人は殺しの結果を確かめたかったのではないかと。つまり、自分の目の前で、殺すことを要求した……」

「ばかな」

沢井は一蹴した。

「依頼人がそんな要求をするとは思えぬ。それより、殺し屋だって自分のやり方で実行するのではないか」

「ほんとうに死んだかどうか、やきもきして待つよりも、そばにいたほうがいい。それに、殺し屋は依頼人の要求を呑む代わりに報酬を上乗せさせる」

「………」

「この殺し屋に関して、私はある想像をしてみました。凄腕の殺し屋であることは間違いありませんが、それは暗殺に関してです。相手と正面切って対峙した場合にはおそらく劣勢になるのでしょう」

「剣の心得がない者、つまり侍ではないということだな」

「そうです。常に影のように気配を消し、狙いの人物に近付く。そういう殺し屋が何日も相手を尾行するとは思えません」

「うむ」

沢井は腕組みをした。

「矢内どのの考えだと、やはり木曾屋が疑わしいということになるが」

「私は木曾屋さんが依頼人ではないかと思っています」

栄次郎は言い切った。

「その根拠は?」

「やはり、私が見た黒い影が、戸田さまと木曾屋さんの座敷の床下に入っていったことです」

「しかし、尾行して来た殺し屋が、『花むら』に入った戸田さまの座敷の場所を捜していたとも考えられる」

「おそらく、そうでしょう。ただ」

栄次郎は当夜を思い出しながら、

「私が床下の暗がりに黒い影を見たあと、木曾屋さんが濡縁に出て来て庭を見ていたのです。たまたまかもしれませんが」

「木曾屋は戸田さまと近い関係にあったのだ。戸田さまに裏切られたのならともかく、木曾屋に戸田さまを殺す理由はない」

「問題は新木屋さんです。新木屋さんは戸田さまとの関係をはっきり話していません。何かを隠しているように思えます」

栄次郎は言ってから、

「木曾屋さんが殺し屋に依頼したとして、木曾屋さんはどういう手蔓で殺し屋を知ったのか。それを突き止めるためにも、他の事例があれば……」

「この半年間に、江戸で不可解な変死がなかったか、他の同心にも調べてもらっている。だが、病死として処理されたものはわからぬ」

「医者はどうでしょうか。気になる死人を看取ったことはないか。念のために、調べてみたほうがいいかもしれません」

「そうだな」

沢井は頷く。

「沢井さま」

栄次郎は呼び掛け、

「真山さんと話していて、戸田さまが殺された背景に新木屋さんと木曾屋さんの競い合いがあると考えたのですが」

と、経緯を話した。

さらに、木曾屋が武川惣兵衛に接触しているのは、次の作事奉行の噂があるからではないかという話をした。

「わかった。新木屋と木曾屋を徹底的に調べてみる」

「まだなんら証拠がないのに沢井さまのほうで木曾屋さんに聞き込みをかけては警戒されましょう。まず、木曾屋さんには私が」

栄次郎は木曾屋に疑いを向けていた。

「わかった。そうしてもらおう。俺は江戸での不審死を調べてみる」

崎田孫兵衛との関係を知ってから、沢井の態度は変わっていた。

二

翌日の昼前、栄次郎は深川入船町《いりふねちょう》にある材木問屋『木曾屋』を訪ね、主人の勘十郎と会った。

「先日はたいへんなことになりました」

勘十郎は表情を曇らせて言い、

「でも、どうして矢内さまが私のところに？」

と、きいた。

「あのとき、床下の暗がりに黒い影を見たような気がしたのに何も出来なかったことが気になっていまして」

栄次郎は訪問の理由を述べた。

「そのようなことは気になさることではありますまい」

勘十郎は鷹揚に言う。

「いえ。私がもう少し注意深ければ、戸田さまがあのような目に遭うことはなかったかと思うと胸が痛むのです」

「そうですか」

勘十郎は呟《つぶや》き、

「で、その後もなんの進展もないようですね」

と、いかにも深刻そうな表情になった。

「はい。そのとおりです」

そう言ってから、

「でも、細かく見ていくと、手掛かりがつかめそうです」

と、栄次郎は口にした。

「どんな手掛かりが？」

勘十郎は眉根を寄せてきいた。

「まず、戸田さまがお亡くなりになって、誰がもっとも得をするのでしょうか」

栄次郎は勘十郎の顔を見つめてきく。

「さあ、どなたもいらっしゃらないのでは……。かくいう私も戸田さまがいなくなって商売の面でも大きな打撃です。あの夜も、新しい工事についての話し合いのためにお招きをしたのですから」

「そうらしいですね。木曾屋さんと戸田さまは長いおつきあいだそうで」

栄次郎はさりげなくきく。

「ええ」

「損得のことではないとなると、恨みでしょうか」

「逆恨みされることもありますからね」

勘十郎は頷きながら言う。

「私がそのことで気になったのが、木曾屋さんと同業の新木屋さんなのです」

栄次郎はあえて新木屋の名を出した。

「…………」

「戸田さまのご家来の真山さまの話では、最近、新木屋さんの主人が戸田さまに近付いていっていたと」

「ええ、なりふり構わずに戸田さまの歓心を買おうとしていたようです」

勘十郎は貶《さげす》むように言う。

「かなりのお金を使っているということですね」

「そうです」

「大金を積まれ、戸田さまは心変わりをしなかったのでしょうか」

栄次郎は勘十郎の表情を窺う。

「私との信義を重んじたのでしょう」

勘十郎は平然と言う。

「ここだけの話ですが」

栄次郎は断ってからわざと声をひそめ、

「新木屋さんにしたら、それなりのことをしたのに自分のほうになびかなかった戸田さまを殺したいほど憎んだということはあり得ましょうか」

と、勘十郎の反応を窺うようにきいた。

「あり得るでしょうね」

勘十郎はあっさり認める。

「他の材木問屋はいかがですか。新木屋さんのように、戸田さまに猛烈に働きかけていた材木問屋はいるのでしょうか」

「さあ、戸田さまからは新木屋が強引で困るような話は聞いておりますが、他の材木問屋のことは何も」

勘十郎は首を横に振る。

「戸田さまのあと、どなたが作事奉行になられるのでしょうか」

「さあ」

「勘定吟味役の武川惣兵衛さまという噂があるそうですね」

栄次郎は矢継ぎ早に言う。

「そうですか」

勘十郎はとぼけた。

「木曾屋さんは武川さまとお会いしたことは？」

「何度かあります」

「どういうことで？」

「幕府の工事では当然勘定方の役人に見積もりを出します。そこに不正が行なわれてないか、勘定吟味役が調べるのです。そういうお役目の方にご挨拶するのは自然かと」

勘十郎は胸を張って言う。

「武川さまとはどの程度のおつきあいなんですか」

「武川さまは不正と無縁なお方。賄賂《わいろ》なんて効きません。ですから、ご挨拶程度ですよ」

勘十郎の表情はいくぶん強張っているように思えた。

「必要以上に、近付いていっているのでは？」

栄次郎はなおもきいた。

「そんなことをしても無駄です。武川さまは、仮に作事奉行になられたとしても、戸田さまのように柔軟な態度で臨んでくださるか」

勘十郎は言葉を切り、

「いや、よしましょう。私は頼りにしていた戸田さまがいなくなって落胆しているのです。これで、ほぼ私どもに決まっていた菩提寺の修繕工事は白紙に戻されるでしょう。これまで、私と戸田さまとで築き上げてきた信頼が……」

勘十郎は声を詰まらせた。

「失礼ですが、それは正当な関係だったのですか」

「…………」

「たくさんの接待と貢ぎ物によって生まれた関係では？」

栄次郎ははっきりと口にした。

「そうです。戸田さまはそういうことに目がなかった」

勘十郎は贈賄《ぞうわい》を認め、

「商売は競争です。いかに作事奉行に食い込むか。そこが商人にとってもっとも大事なことなのです」

と、言い募った。

「請け負った仕事を立派にやりこなすことが大事なのでは？　つまり、商人にとってもっとも大事なのは信用ではないのですか」

栄次郎は異を唱えた。

「そう、信用です。しかし、その前に仕事をもらわねば、どうにもなりませんからね。その上での信用です。だから、新木屋さんも戸田さまに金を使って近付いていったのです。いや、金だけじゃないですが」

「金だけじゃない？」

栄次郎は聞きとがめた。

「女です」

勘十郎は言った。

「女？」

「戸田さまは女好きです。ですから、美しい女子を差し出しているはずです」

「それは証があるのですか」

栄次郎は耳を疑った。

「戸田さまから聞いたことがあります。新木屋は貢ぎ物に女を寄越したと……」

勘十郎はまたも貶むように言う。

「戸田さまはそんなことを木曾屋さんに言ったのですか」

「ええ、私にはなんでも仰ってくれました」

「戸田さまはそれを受け入れたのですか」

「さあ。戸田さまはそのことには言葉を濁しました」

「そんなに女好きだというなら、木曾屋さんも女子を？」

「私はそこまではしません」

勘十郎は否定した。

「だとしたら、戸田さまにとっては自分の欲望を満たしてくれる新木屋さんのほうと組むのが得だと思うのでは？」

栄次郎は鋭く斬り込んだ。

「先ほども申しましたが、戸田さまは私との信義を重んじてくださいました」

勘十郎は強い口調で言った。

栄次郎は少し間をとってから、

「私は不思議に思っていることがあるのです。なぜ、殺し屋は『花むら』で、殺しを行なったのでしょうか」

と、疑問を持ち出した。

「外出先のほうが警護の侍が少ないからではないですか」

「しかし、いつ戸田さまが『花むら』にやって来るかわからないのです。そんな当てにならない場所より、戸田さまの屋敷に忍び込み、天井裏から寝間に下りて目的を達成したほうが確実だったのではないでしょうか」

「さあ、どうしてでしょうかね」

勘十郎は首を傾げ、

「矢内さまはどう思われますか」

と、きいた。

「殺し屋を雇った者が殺しの現場に立ち合いたかったのではないかと」

栄次郎は勘十郎の目を見つめて言う。

「なぜでしょうか」

「自身の目で殺しがうまくいったかどうか確かめたかったのではないでしょうか」

「まさか」

勘十郎は冷笑を浮かべ、

「なぜ、そんなことを」

と、きいた。

「殺しが発覚したあとの様子を探る意味合いと、自分への疑いをそらすため」

「では、真の下手人はあの夜、『花むら』にいたと？」

勘十郎の目が鈍く光った。

「そうだと、私は思っています」

「………」

「戸田さまが『花むら』に来ることがわかっている人物。だから、殺し屋に指示出来たのです」

「やはり、矢内どのは私を疑っているようですね」

勘十郎はいきなり笑いだしたが、すぐ真顔になり、

「証はありますか」

と、きいた。

「いえ、ありません。ただ、状況から考えました」

「それは無茶だ」

勘十郎は首を横に振った。

「承知しています」

栄次郎は応え、

「木曾屋さんを本気で疑っているわけではなく、思いついたことを口にしているだけです。ですから、新木屋さんにも疑いが向けられます」

と、付け加えた。

「新木屋さんも疑わしいでしょうな。さんざん、戸田さまを金と女で籠絡しようとしていたが、戸田さまは首を縦に振らなかった。その怒りからということは十分に考えられますな」

勘十郎は言う。

「しかし、そうだとすると、なぜ『花むら』を殺しの場所に選んだのか説明がつきません。確かに、殺し屋が戸田さまをずっとつけていたとも考えられますが、それならなおのこと、戸田さまの屋敷で襲ったほうが確実ではないでしょうか」

栄次郎は話を蒸し返した。

「殺し屋の気持ちまでわかりませんが、殺し屋は戸田さまをつけまわして『花むら』に入ったのを見届けた。だから、『花むら』で」

「しかし、『花むら』では木曾屋さんや『花むら』の女将《おかみ》、それに芸者など、そばにひとがいます」

栄次郎は口を入れる。

「ですから厠で襲ったのです」

「確かに、厠なら誰にも見られません。しかし、戸田さまが厠に行かなかったら？」

「いや、一度は厠に行きましょう」

「確実に行くとは限りません」

「だったら、私が殺し屋を雇ったとしても、同じこと。厠に行かなければ、計画も台無しではありませんか」

「いえ、木曾屋さんは戸田さまと同じ座敷にいたのです。どんどん酒を勧めていけば、尿意も催しましょう」

「なるほど」

勘十郎は余裕の笑みを湛《たた》え、

「なぜ、私が戸田さまを殺さねばならないというのですか。自分で損をすることをなぜするのでしょう」

「戸田さまの心変わりです。戸田さまは新木屋さんと組むことにした。木曾屋さんより新木屋さんを選んだのです。戸田さまの裏切りにあなたは怒りが抑えきれなかった」

「…………」

「ただ、私の考えに致命的な欠陥があります」

「それは？」

「戸田さまが明確に新木屋さんに乗り換えたという証がないことです。真山さまは、新木屋さんに乗り換えたようだと言うだけで、はっきりしたものではありません。それより」

栄次郎は息継ぎをし、

「肝心の新木屋さんも戸田さまが乗り換えてくれたとは言っていないのです。新木屋さんがはっきり話してくれれば、木曾屋さんの戸田さまを殺す理由がはっきりするのですが」

「…………」

「仮に、木曾屋さんが殺し屋を雇ったのだとしても、その証は出てこないでしょう。殺し屋が口を割らない限り、木曾屋さんの犯行を明らかにすることは出来ません。その前に、殺し屋を見つけること自体、至難の業《わざ》に違いありません」

栄次郎は冷静に話した。

「どうして、殺し屋が見つからないと？」

勘十郎も静かにきいた。

「秀でた殺し屋だと思います。これまでにも騒がれていないだけで、大きな仕事をしてきた男だと思われます。周囲からはまったく疑われることもなく、暮らしているのでしょう。捕まえることが出来たとしても、絶対に依頼人の名は口にしないでしょう」

栄次郎はため息混じりに言う。

「では、殺し屋を見つけ出すことに意味がないことになりますね」

勘十郎は片頬を歪めてきいた。

「ええ、過去の殺しについては無駄かもしれません。でも、新しい殺しを阻止するためには是が非でも見つけ出さなければなりません」

栄次郎は力んで言う。

「そんな凄腕の殺し屋に、私は伝《つて》がありません」

勘十郎は自信に満ちた顔をした。

「ええ、殺し屋と木曾屋さんのつながりはわかりません。ですから、仮に木曾屋さんが殺しの黒幕だったとしても、それを明らかにすることはほぼ不可能に近い、いえ無理だと思います」

「それは、依頼人が私以外だったとしても、同じことが言えましょう」

「そうです。誰が依頼人だったとしても、殺し屋が捕まって白状しない限り、その人物に疑いがかかることはありません」

「では、戸田さまの件は？」

「残念ながら、下手人を裁くことは出来ないかもしれません」

「それは残念なことで」

勘十郎は明るい声で言い、

「そろそろ、よろしいですか。これから出かける用がありますので」

と、余裕の笑みを浮かべた。

「これは失礼いたしました。では、私はこれで」

栄次郎は詫びて、腰を上げた。


『木曾屋』を出て、三好町にある『新木屋』に足を向けた。

三十三間堂《さんじゅうさんげんどう》の前を通り、濠《ほり》に浮かぶ丸太を目の端《はし》に入れて、『新木屋』にやって来た。

　土間に入り、先日の番頭に主人の貞太郎に会いたいと申し入れた。

「あいにく、お出かけでございます」

　番頭は頭を下げた。

「いつ、お戻りに？」

「夕方になります」

「そうですか。では、また出直します」

　栄次郎は土間を出た。

　ちょうど空駕籠《からかご》がやって来て、『新木屋』の家族用の戸口の前で止まった。そこから、女が出て来た。二十七、八の目鼻だちが整い、艶《つや》っぽい女だった。

　その女が駕籠に乗って出かけて行くのを若い女中が見送った。

　栄次郎は女中に近付いて声をかけた。

「恐れ入ります。今のお方は新木屋さんのお内儀さんでしょうか」

「そうですけど」

　女中は用心深く答える。

「とてもきれいなお方ですね」

「あのどちらさまで」

「失礼しました。矢内栄次郎と申します。新木屋さんのご主人に会いに来たのですが、外出中でした。それで引き上げるところに、お内儀さんをお見かけしたのです」

「そうでしたか。では、失礼します」

女中が中に入ろうとした。

「あっ、もし」

栄次郎は呼び止めた。

「この家に、作事奉行の戸田さまがやって来たことはあるのでしょうか」

「ええ。何度か」

「なんのために?」

「ご接待です」

女中は素直に答える。

「では、お内儀さんも戸田さまにご挨拶を?」

「はい。すみません、もう戻らないと」

女中は家の中に戻って行った。

木曾屋勘十郎の言葉が蘇《よみがえ》る。

作事奉行の戸田に、新木屋は貢ぎ物に女を寄越したと言っていた……。

まさかと思ったが、栄次郎は気になった。戸田は女好きだったという。今の内儀に心を動かされたとしても不思議ではない。もし、戸田からあらぬ要求があったら新木屋はどうしただろうか。

そのことを考えながら、栄次郎は引き上げた。

三

その夜、栄次郎は兄が帰宅をするのを待って部屋を訪れた。

「兄上、よろしいですか」

襖《ふすま》の前で声をかける。

「構わぬ、入れ」

「失礼します」

栄次郎は襖を開けて部屋に入った。

兄は着替えを終えたところだった。

差向いになって、栄次郎は切り出した。

「兄上、だしぬけですが、勘定吟味役の武川惣兵衛さまをご存じですか」

勘定吟味役は建物の修繕工事や土木工事で不正が行なわれていないかを調べる役目である。旗本や御家人の不正を糺《ただ》す御徒目付の兄は面識があるのではないかと思った。

「武川さまなら何度かお会いしたことがある」

兄は不思議そうな目を向け、

「武川さまがどうかしたのか」

と、きいた。

「武川さまが次の作事奉行になるかもしれないという噂をご存じですか」

「作事奉行か。耳にしたことはある」

兄は頷いた。

「戸田さまの作事奉行の後任に武川さまがなられるのでしょうか」

「さあ」

兄は急に厳しい顔付きになり、

「まさか、そなたは武川さまに疑いを？」

と、栄次郎の目を覗き込んだ。

「違います。次期の作事奉行が武川さまなら、材木問屋の中には早くから誼《よしみ》を通じておこうとする者もいるかもしれないと思いまして」

「うむ」

「なぜ、武川さまにそのような噂が生まれたのでしょうか」

栄次郎は疑問を口にした。

「武川さまは勘定吟味役として、土木工事や寛永寺の修繕工事などで勘定方の役人と材木問屋や人入れ稼業の者たちがつるんだ不正を見抜いたりと、数々の手柄を立てていた。それで、勘定奉行が武川惣兵衛のような男が作事奉行になれば不正もなくなるのではないかとどなたかにお話しされたそうだ。その話に尾ひれがついて広まり、次の作事奉行は武川さまという話になったようだ」

「では、決まっているわけではないのですね」

「もちろんだ。だが、勘定奉行の言葉は重いかもしれぬ」

兄は呟くように言った。戸田のあとの作事奉行に武川惣兵衛が就任したとしても不思議ではないと思っているようだ。

「しかし、次期の作事奉行だとして、早くから武川さまと誼を通じておこうとする者がいたとしても、それは失敗に終わろう」

「武川さまが不正を嫌うからですか」

栄次郎は確かめるように言う。

「そうだ。付け届けなど受け取らないお方だ。だから、作事奉行になるとしても、武川さまに取り入って、うまみはないはずだが」

「そうでしょうか」

栄次郎は首を傾げて、

「勘定吟味役は不正を糺すお仕事。でも、作事奉行は違います。気持ちの上で不正に対する考え方が違うのでは」

と、疑問を呈した。

「不正を排除しているのは、それが仕事だからだと?」

兄が眉根を寄せてきく。

「そういう見方も出来るのではないかと」

「なぜ、そう思うのだ?」

兄が鋭くきいた。

「じつは、材木問屋の木曾屋が武川さまに接触を図っているそうです。当然、賄賂は撥ねつけられるのを承知で近付いています。それは作事奉行になれば変わると思っているからではないでしょうか」

栄次郎はさらに続ける。

「少なくとも、木曾屋はそう信じて武川さまに近付いていっているのではないかと」

「うむ」

兄は唸ってから、

「まさか、武川さまも疑っているわけではないだろうな」

と、もう一度きいた。

「いえ。評判からしたら、いずれ作事奉行でなくともどんどん昇進なさるお方に違いありません。武川さまがそんなことを考えるはずはありません」

「では、誰が……。ひょっとして、今名の出た木曾屋か」

兄ははっとしたようにきいた。

「証はありません。仮に、木曾屋だったとしても、それを明らかにすることは出来ないのです。証拠もなく、本人とて口を割るはずありません」

栄次郎は無念そうに言う。

「殺し屋を捕まえるしかないか」

「いえ、捕まえてもだめだと思います。誰に頼まれたか、死んでも言わないはずです」

「では、何も出来ないということか」

兄は険しい表情になった。

「ただ、殺し屋を捕まえることだけは出来ると思います」

「しかし、手掛かりはないのでは？」

栄次郎は深呼吸をし、

「今わかっているだけで、過去に二件だけ同じような殺しがあったそうです」

栄次郎は沢井から聞いた話を語った。

「一年前にある大名の国許で、筆頭家老が盆の窪を針のようなもので刺されて死んだそうです。病死として発表されました。筆頭家老は奸計を用いて御家乗っ取りを企てていたということです」

「どこで殺されたのだ」

兄はきいた。

「お城の二の丸にある家老屋敷の寝間だそうです。就寝中に殺され、朝まで死んでいたことに誰も気づかなかったといいます」

「…………」

「それからもうひとつ。隣国の城下では、回船問屋の主人が自分の家で盆の窪を刺されて死んでいたそうです」

「同じ下手人だな」

　兄は顔をしかめた。

「そうです。わかっているのは二件ですが、他でも何件かやっているのではないでしょうか」

「その殺し屋が江戸に現れたというわけだな。まさか、同じような殺し屋が何人もいるとは思えない」

「はい。同じ殺し屋だと思います。ただ、戸田さまの件が江戸ではじめてなのか、それとも表に出ていないだけで、すでに犠牲者が出ているのか」

「うむ」

「兄上、お願いです。旗本や御家人の中で、この半年内で病死として届けられた件を調べていただけませんか。実際は殺されていたのだということもあり得るかもしれません」

「わかった。調べておこう」

「ありがとうございます」

　栄次郎は言ってから、

「南町の沢井さまが江戸市井《しせい》での不審死を調べています」

「そうか」

「では、これで」

引き上げようとして、兄が呼び止めた。

「栄次郎」

「はい」

栄次郎は座り直した。

「母上から、そなたを説得するように頼まれた」

兄は困ったような顔をした。

「兄上、私は……」

「そなたの気持ちはよくわかっている。だが、わしも母上から頼まれたので、聞くだけは聞いてくれ」

兄は哀願するように言う。

「わかりました。お聞きするだけはお聞きします」

兄の気持ちの負担を軽くするために話だけは聞くことにした。

「うむ」

兄はため息をついてから口を開いた。

「今度は純然と養子に入るだけだそうだ。婿養子ではない。だから、妻女に気兼ねをすることはない。嫁にしたい女子は自分で選べるということだ」

「母上は私に好きな女子がいるから養子に行かないと思っていたのでしょうか」

栄次郎は母の気持ちを考えた。

「いや、そうではないはずだ」

「違うのですか」

「そなたに好きな女子がいるから婿養子に行く気がないとは思っていないはずだ」

「そうですか」

兄はさらに続けた。

「相手は一千石の旗本……」

旗本について説明をしたが、栄次郎は耳に入ってこない。

「兄上、もう結構です」

栄次郎は兄の言葉を制し、

「いちおう聞いたことにします」

と、すまなそうに言った。

「そうか」

兄は苦笑したが、

「ただ、この話には不審な点があるのだ。だから、わしも勧められないのだ」

「不審な点とおっしゃいますと？」

「いや、その気がないのに話しても仕方あるまい」

「そうですね」

栄次郎は答えてから、

「兄上の祝言が済んでから、改めて考えると母上にお伝え願えますか」

と、頼んだ。

「わかった。そう伝えておく」

「ありがとうございます。では」

改めて、栄次郎は立ち上がった。

四

翌朝、栄次郎は元鳥越町の師匠の家に顔を出した。

来月の三月十日、旗本八木主水介の屋敷で開かれる桜の宴で、市村咲之丞が『京鹿《きょうが》子娘道成寺《のこむすめどうじょうじ》』を踊る。その地方《じかた》を務めるので、長唄三味線の稽古をつけてもらった。

それから、黒船町のお秋の家に行った。

お秋の家でも、三味線の稽古をした。

昼過ぎに、お秋が同心の沢井達之助がやって来たと告げに来た。

「上がってもらってください」

お秋に言い、栄次郎は三味線を片付けた。

やがて、二階の部屋に沢井がやって来て、差向いになった。

「他の同心に聞きまわって、矢内どのが言っていた殺しに合致するものがあった」

沢井が待ち切れないように言った。

「なんでしょうか」

栄次郎は緊張した。

「三か月前に、香具師《やし》の親方で、浅草の雷神《らいじん》一家の伝右衛門《でんえもん》という男が急死した。この男は深川を縄張りとしている八幡《はちまん》一家ともめていた。一触即発で、伝右衛門が死んで、その後、何ごともなく済んだということがあったそうだ」

沢井は興奮を抑えた。

「浅草の伝右衛門さんの死亡の原因は？」

「いちおう病死だそうだ」

「病死ですか」

栄次郎は眉根を寄せた。

「まさか、これに今回の殺し屋が絡んでいるのだろうか」

沢井も真顔になった。

「わかりませんが、気になります。伝右衛門さんは幾つですか」

「四十五歳だったそうだ」

「まだ病で急死するような歳ではないですね」

栄次郎は首を傾《かし》げた。

「しかし、殺しだった場合、伝右衛門の手下が黙ってないだろう。その後、大きな騒ぎにならずに済んだのは伝右衛門の身内も病死という事実を受け入れたからではないか」

沢井は疑問を呈する。

「沢井さま。念のために、伝右衛門の身内から話を聞いてみたほうがいいのでは」

「そうだな」

少し考えてから、

「よし、今から行ってみる」

と、沢井は腰を上げた。

「私もごいっしょして」

栄次郎は頼んだ。

「いいだろう」

沢井は迷わず応えた。

四半刻（三十分）後、沢井と栄次郎は花川戸《はなかわど》にある雷神一家を訪ねた。

雷神一家は亡くなった伝右衛門の倅《せがれ》が代を継いでいた。今の伝右衛門は二十四歳で、体の大きな男だった。

「沢井の旦那、いったい、どんなご用で」

客間で向かい合うなり、栄次郎を気にしながら若い伝右衛門がきいた。

「先代が亡くなって三か月だな」

沢井は静かに口を開く。

「ええ、早いもので」

「少しは落ち着いたか」

「ええ、ようやく」

伝右衛門はふと眉根を寄せ、

「親父のことで何か」

と、きいた。

「急病だったそうだが、どこがいけなかったのか」

「心ノ臓です。それまでの心労が重なったのでしょう」

伝右衛門が答える。

「深川の八幡一家ともめていたそうだな」

「ええ、まあ」

「先代を看取った医者は誰なんだ？」

沢井はきいた。

「いえ、医者を呼ぶまでもなく、倒れているのを見つけたときにはすでに息がなかったので」

「町役人には知らせたのか」

沢井はきく。

「知らせました」

「そのときの町役人は誰だね？」

「山之宿町《やまのしゆくまち》にある『柳家《やなぎや》』という料理屋の旦那の善兵衛《ぜんべえ》さんです」

「わかった。ところで、先代はどうして八幡一家と対立をしていたのだ？」

「それは……」

伝右衛門は言いよどんだ。

「なぜだね」

重ねて、沢井はきいた。

「先代が深川のほうにも縄張りを広げようとしたんです。当然、向こうも反発します」

伝右衛門は答えた。

「先代が急死したあと、八幡一家と手打《てうち》をしたのか」

「ええ。肝心の先代がいなくなって、こっちも深川に手出しをすることはやめました」

「八幡一家は先代の不幸に乗じて雷神一家をつぶしてやろうと思わなかったのだろうか」

沢井は不思議そうにきいた。

『柳家』の善兵衛さんが間に入ってくれたんです。先代と対立していた八幡一家の親方の寅三《とらぞう》さんも隠居することになったのです。それで手打に」

「なるほど」

沢井は頷いてから栄次郎に目配せをした。

「挨拶が遅れました。私は矢内栄次郎と申します。ちょっとお伺いしたいのですが」

栄次郎は伝右衛門の顔を見て、

「先代は病死ということでしたが、首の後ろ、盆の窪に傷はありませんでしたか」

と、切り出した。

「いえ」

伝右衛門の表情が強張ったような気がした。

「先代はどこでお倒れに？」

「それが……」

「ひょっとして寝間では？」

「いえ」

伝右衛門は否定した。

「じつはここで死んだのではないんです」

「えっ、別の場所で？」

「ええ」

「どこですか」

「妾《めかけ》の家です」

「妾の家？」

「居間で酒を呑んでいて、酒がなくなったので、妾が近くの酒屋まで行って帰って来たとき、倒れている先代を見つけたのです」

「妾も医者を呼ばなかったのですか」

栄次郎はさらにきく。

「呼ぼうとしたそうですが、すでに息がないことがわかって、すぐに近所のひとに頼んでここに知らせを」

「では、町役人に知らせたのは亡骸《なきがら》がここに来てからか」

沢井がきいた。

「へえ、そうです」

伝右衛門は頷く。

「ほんとうに盆の窪に傷はなかったのか」

沢井もきいた。

「ありません」

伝右衛門は否定したが、微《かす》かに目が泳いでいた。

「先代の項《うなじ》を見たのですか」

栄次郎は不審そうにきいた。

「ええ、まあ」

「項はうつ伏せになっていないと見えないと思うのですが、亡骸をうつ伏せにしたのですか」

「…………」

「それとも死因を調べようと、どなたかが亡骸の体を検《あらた》めたのでしょうか」

栄次郎は迫るようにきく。

「伝右衛門、正直に言うのだ」

沢井は強い口調になった。

「ほんとうに首の後ろを調べたのか」

「いえ」

「調べてないのか」

「へえ」

「なら、なぜ、さっきは盆の窪に傷はなかったと言ったのだ？」

「そんなことが重要だとは思わなかったもので」

「先代の盆の窪に傷があったかどうか見ていないのですね」

栄次郎は確かめる。

「へえ」

「先代の妾の名は？」

沢井がきく。

「およです」

「家はどこだ？」

「入谷《いりや》です」

「入谷の？」

「良感寺《りようかんじ》という寺の近くです。すぐ脇が入谷田圃《たんぼ》で」

伝右衛門は渋々のように答えた。

何かを隠しているように、栄次郎には思えた。やはり、先代の伝右衛門は殺されたのではないか。しかし、なぜ伜の伝右衛門がそのことを隠すのか。

「念のためにもう一度お訊ねします。今は、八幡一家と確執は?」

栄次郎は確かめた。

「ありません」

伝右衛門は言い切った。

「邪魔をした」

沢井は言い、雷神一家を辞去した。

外に出ると、沢井がきいた。

「これから入谷に行ってみる」

「私もごいっしょに」

「わかった」

ふたりは浅草寺の裏を入谷に向かった。


沢井と栄次郎は入谷に行き、良感寺の近くを捜すと、おとよの家はすぐに見つかった。

沢井が格子戸を開けて呼びかけた。何度か声をかけて、ようやく三十ぐらいの女が現れた。細身のたおやかな感じの女だ。

「おとよか」

土間に立ったまま沢井が確かめると、女は頷いた。

「俺は南町の沢井だ」

沢井は名乗ってから、さっそくきいた。

「雷神一家の伝右衛門を知っているな」

「はい」

「どういう関係だ？」

「世話になっていました」

目を伏せて答える。

「三か月前、伝右衛門がこの家で亡くなったのは間違いないか」

「はい」

おとよは訝《いぶか》しげに頷く。

「亡くなったときの様子を教えてもらいたい」

「どうして、今頃？」

おとよは怯えたような目をした。

「じつは、ある事件との関わりがあるかもしれないのでな」

沢井は言う。

「ある事件っていうのは？」

おとよはきいた。

「まず、伝右衛門のことを話してもらおう」

沢井が語気を強めた。

「はい」

おとよは小さく頷き、

「居間で、酒を呑んでいたのですが、酒がなくなったので、酒屋まで私が買いに行ったんです。帰って来たら……」

おとよは息を呑んだ。

「酒屋に行っている間は、家の中は伝右衛門ひとりだけだったのか」

「そうです」

「伝右衛門はどんな格好で倒れていたのだ？」

「長火鉢の前で仰向けになってました」

おとよは思い出すように目を細めて答えた。

「医者は？」

「死んでいることはすぐわかりましたので」

「しかし、ふつうは医者を呼ぶのではないか」

「お医者さんを呼んで来てもらおうと、隣家の下駄屋《げたや》に駆け込んだんです。そこのご主人がすぐ様子を見に来てくれたのですが、もう死んでいる、医者を呼んでも無駄だと」

「それで、雷神一家に知らせたのか」

「下駄屋のご主人が奉公人を使いにやってくれたのです」

栄次郎はふたりのやりとりを聞いていたが、おとよが嘘をついているようには思えなかった。

沢井も同じ印象を持ったようだった。

「あなたが酒屋に行っている間に、外から誰かが家に入ったような形跡はありませんでしたか」

「いえ。ありません」

栄次郎は口をはさんだ。

「酒屋に行くとき、不審な人物を見かけたことは？」

「いえ」

「そうですか」

栄次郎は沢井と顔を見合わせ、これ以上きくことはないと目顔で確かめた。

「わかった。邪魔をした」

沢井は言い、踵《きびす》を返した。

おとよの家を出て、念のために家の周囲をまわってから、隣の下駄屋を訪ねた。

主人に会い、伝右衛門のことをきいた。おとよの話と変わりはなかった。

「伝右衛門を見て、すぐに死んでいるとわかったのか」

沢井がきいた。

「はい。息はなく、脈もありませんでした」

「医者を呼ぶ必要はないと言ったのか」

「ええ、すでに死んでいましたから」

主人は素直に答える。

「伝右衛門の首筋を見たか」

「首筋？　いえ」

主人は怪訝な顔で答えた。

「だが、なぜ死んだのか、理由はわからない。少なくとも、病気か第三者の手によるものかの判断が必要だ」

沢井は咎めるように言う。

「でも、家の中ですし、誰かが入り込んでいるはずないですから」

主人は平然と言う。

「それはどうしてわかるのだ?」

「争ったあとはありませんでした。家の中も荒らされていません。でも、自身番には知らせたほうがいいと言ったんですが」

主人は言い訳のように言った。

「おとよが呼ぼうとしなかったのか」

「ええ。それより、雷神一家に先に知らせたいと言うので」

「そうか」

沢井が呟く。

この主人も嘘をついているようには思えなかった。栄次郎はおとよもこの主人も、伝右衛門が殺されたとは想像もしていないようだ。

ふたりが感じたように、伝右衛門は病死だったのか。いや、そうとも言い切れない。当代の伝右衛門の様子がおかしかった。

伝右衛門は殺されたのだ、と栄次郎は思った。

五

ふたりは入谷から来た道を戻り、花川戸町の隣の山之宿町に向かった。

「やはり、伝右衛門は病死だったたかもしれないな」

沢井は弱気になっていた。

「あの家なら、殺し屋は容易に屋内に忍び込めます」

栄次郎はおとよの家を思い描いて口にした。

「そうだが」

沢井は気弱そうに呟く。

浅草寺の裏を通って、山之宿町にやって来た。『柳家』は大川を背に建っている大きな料理屋だった。家族用の戸口から訪問し、客間で善兵衛と向かい合った。五十歳ぐらいか。

「雷神一家の先代の伝右衛門が亡くなった件で伺いたい」

沢井が切り出すと、善兵衛は穏やかな表情のまま、

「これは意外なことで」

と、応じた。

「意外とは？」

「三か月前のことですから」

「どういうことで先代の亡骸を検めたのか」

沢井はきいた。

「あの頃、自身番に詰めていたんです。雷神一家の若旦那がやって来て、親父が死んだと。それで、すぐに駆け付けました」

「若旦那というのは今の伝右衛門だな」

「そうです」

「なぜ、若旦那が自ら知らせに？」

「じつの父親だからでしょう」

善兵衛が静かに答える。

「駆け付けたとき、先代はどうしていたんだ？」

「奥の部屋で、北枕で寝かされていました」

「どういう状況で亡くなったか、説明されたか」

「ええ、妾の家で倒れたと」

「では、医者に診せていないことも知っていたのだな」

「ええ」

「死因はわからなかったわけだが、そなたは奉行所に知らせていないな」

「ええ。病死だとはっきりしていましたから」

「なぜ、病死だと言い切れたのか」

沢井は問い質す。

「外傷はないですし、毒を飲まされたような形跡もありません。病死だとはっきりわかっているのですから知らせるまでもないと思ったのです」

「雷神一家が深川の八幡一家ともめていたことを知っていたか」

「知っていました」

善兵衛はあっさり言う。

「殺されたのではないかとは思わなかったのか」

「そんなことはないでしょう」

善兵衛は笑った。

「外傷はないということでしたが、どこまで調べたのですか」

栄次郎は口を入れた。

「どこまで？」

「首は調べましたか」

「首ですか」

「ええ、首を絞められているかもしれないと考えたら、首を調べますよね」

「特には何も」

「ちゃんと首の後ろ、盆の窪を見たのですね」

「私は医者じゃないので」

「見ていないのですか」

「仰向けに寝かされていましたから首筋を見ることは出来ません」

善兵衛は開き直ったように言う。

「そのとき、先代は死に装束に着替えていましたか」

「いえ。まだです」

「死に装束に着替えるとき、柳家さんはその場にいましたか」

「いえ。私はそのときはいません」

「柳家さんは対立している八幡一家に掛け合い、親方の寅三を隠居させて、両者を手打にさせたそうですね」

栄次郎はきいた。

「ええ」

「よく、八幡一家がそれで納得しましたね」

「もともと、仕掛けたのは雷神一家の先代なんです。その先代が亡くなったことで、対立する意味が薄らいでいました。ただ、雷神一家を納得させるためにも、寅三さんが隠居したほうがいいのではないかと相談したところ、寅三さんも快く引き受けてくださったのです。それで両者が和解し、一件落着となったのです」

「…………」

栄次郎は何かひっかかったが、それが何かわからなかった。

「雷神一家と八幡一家はもめていた。そんな中で、先代の伝右衛門が死んだのだ」

沢井が再び口を開き、

「雷神一家の者は八幡一家の者に殺されたのではないかという疑いを、誰も持たなかったのか」

と、問うた。

「ええ、これが刃物で刺されたり、頭に殴られた跡があったりしたら、そういう疑いは当然持ったでしょうが」

「もし、先代の伝右衛門さんに殺された形跡があったら、雷神一家はどう出たでしょうか」

栄次郎はきいた。

「おそらく、八幡一家の仕業《しわざ》と思い込み、殴り込みをかけていたかもしれません。ただ、伜である今の伝右衛門さんは争いごとを好まないお方なので、そこまではしなかったかもしれません」

「今の伝右衛門さんは争いごとを好まないのですか」

栄次郎はその言葉が心にひっかかった。

「無益な争いごとはすべきではないという考えの持ち主のようです。そういう意味では、父親とは違っていました」

「そうですか」

栄次郎は呟くように答えた。

「もう、よろしいでしょうか」

善兵衛は話を切り上げようとした。

「お忙しいところを……」

沢井が言いかけたのを割って入るように、

「三か月前のことをよく詳しく覚えていらっしゃいましたね」

と、栄次郎はきいた。

「それは、印象的な出来事でしたから」

「先代が病死したことがですか」

「えっ?」

善兵衛は怪訝な顔をした。

「それとも、八幡一家との和解をとりつけたことを仰っているのですか」

「そうです。そのことがとても印象に残っています」

「柳家さんが和解の仲立ちをしたのは先代の葬儀が終わったあとではないのですか」

「そうです」

「その前の、先代が亡くなったという知らせを受けてからの様子も迷わずにお答えになっておられました」

「まだ、三か月前のことですからね。なぜ、そのようなことを?」

善兵衛は不思議そうにきいた。

「三か月前のこととはいえ、昨日のごとく覚えていらっしゃることに感心しましたゆえ。まるで、私たちが訪れる前に、今の伝右衛門さんから何か聞かされてでもいたように……。あっ、これは失礼いたしました」

栄次郎はあわてて謝った。

善兵衛は渋い顔をしていた。

外に出てから、沢井がきいた。

「最後の問いかけはどういう意味があったのだ？　今の伝右衛門から何か聞かされていたというのは？」

「三か月前のことを、あまりにもすらすら喋るので、事前に我らがこの件で訪れることを知っていたのではないかと思ったのです。だから、答えの準備が出来た。入谷に行っている間に、伝右衛門さんが『柳家』の主人に伝えに行ったのではないかと思ったのです」

「伝右衛門がなぜ、そんなことをする必要があるのだ？」

「ええ。そこに何か秘密が……」

栄次郎はあることを考えていた。

「まさか、柳家の主人もぐるになって」

「ええ。先代に死んでもらうことが、騒動を鎮火させる唯一の方法だと考えたら」

「なんだと」

「殺し屋は香具師に化けて江戸までやって来たのかもしれません。その殺し屋ははじめて江戸に着いたとき、雷神一家か八幡一家に草鞋《わらじ》を脱いだとしたら」

「…………」

「沢井さま。明日にでも、八幡一家の寅三に会いに行ってきます」

「寅三に？」

「寅三の反応を確かめてみます」

「よし、俺も行こう」

「いえ、私だけのほうが。奉行所が関わらないほうがいいと思います。私に任せていただけますか」

「わかった。いいだろう」

沢井は素直に応じた。


翌朝の五つ半（午前九時）頃、栄次郎は深川の永代寺門前町《えいたいじもんぜんまち》にある八幡一家を訪ねた。広い間口で、土間も広い。

栄次郎が板敷の間のそばまで行くと、若い男が出て来た。雷神一家の跡目を継いだ今の伝右衛門より二、三歳上のようだ。

「矢内栄次郎と申します。寅三さんにお会いしたいのですが」

栄次郎は頼む。

「どんなご用件で？」

「浅草の雷神一家の先代のことでとお伝えください」

「少々、お待ちを」

若い男は奥に引っ込んだ。

すぐ戻って来て、

「どうぞ、こちらに」

男は上がるように言い、栄次郎が刀を外して板敷の間に上がると、先に立った。栄次郎はあとについて客間まで行った。

途中、大広間を見ると、香具師たちがくつろいでいた。

客間に通され、栄次郎は待った。

やがて、大柄の男がやって来た。

「寅三だが」

男は横柄に言った。

「矢内栄次郎と申します。雷神一家の先代が亡くなったことでお訊ねしたいことがありまして」

栄次郎は切り出す。

「雷神一家の先代が生きていた頃は、もめていたそうですね」

「先代の伝右衛門は過激な男でな。深川のほうまで進出しようとしていた。だから、対立していた」

「雷神一家の頭《かしら》が急死したのです。八幡一家にとっては千載一遇の好機だったと思うのですが、おとなしく引き下がった。そして、こちらも先代が隠居をしたとのこと」

栄次郎はそのわけを訊ねた。

「こっちは何も向こうの縄張りが欲しかったわけではない。向こうが進出をやめれば、こっちはそれでいいんだ」

寅三は言い切ったあとで、

「なぜ、今頃、そんなことを?」

「じつは、雷神一家の先代の死について気になることがあるんです」

「気になるとは?」

寅三は厳しい顔できいた。

「先代はほんとうに病死だったのか」

「…………」

「殺されたのではないか」

栄次郎ははっきり口にした。

「何を証拠に？」

「いえ、残念ながら証拠はありません」

「それなのに、殺しだと決めつけるのはなぜだ？」

寅三が顔をしかめてきく。

「先代が死んで、対立がなくなったことがひっかかったんです。雷神一家の先代の伜は八幡一家と事を構えるつもりはないようでした。ただ、先代が突っ走っていた。これは私の大胆な想像ですが」

栄次郎は間《ま》を置いて、

「対立をやめさせるためには先代を抹殺するしかないと」

「ばかな」

寅三が口をはさんだ。

「まるで、伜が父親を殺したような言い方ではないか」

「私の勝手な想像です」

「妄想だ」

寅三は冷笑を浮かべ、

「仮にそうだとしても、それでは雷神一家が不利になるではないか。もしかしたら、八幡一家がその機に乗じて縄張りを奪いにくるかもしれない」

と、付け加えた。

「そうです。ですから、すべて事前に話し合いがついていたのです。つまり、雷神一家の頭の死と引き換えに、八幡一家も頭は隠居する。そういう約束のもとに……」

「ばかばかしい」

寅三は吐き捨てた。

「私は殺しを糾弾するつもりはありません。ほんとうの狙いは、殺し屋を見つけることなのです」

「殺し屋？」

「先日、あるお方が盆の窪を針のようなもので刺されて殺されました。調べると、他国で同じような事例が二件ありました。ふたりとも盆の窪を刺されて」

「…………」

「雷神一家の先代のほんとうの死因はわかっていないのです。持病はなく、毒によるものではない」

「だからといって、殺されたことにはならん」

「仰るとおりです。自分でも飛躍した考えだと思っています。ですが、八幡一家と対立していたことを知り、私はこの考えに固執しました」

栄次郎は続けた。

「最初、八幡一家が殺し屋を雇ったのではないかと思いました。でも、八幡一家も頭が隠居をした。それ以上に不可解なのは雷神一家の動きです。妾の家で死んだのに、殺しを疑わない。どうして、八幡一家の仕業だと疑わなかったのか。亡骸が家に運び込まれても、医者を呼ぼうとしない。つまり、病死を素直に受け入れている」

「明らかな病死だったからではないのか」

「いえ。医者でない者にそんな判断は出来ますまい」

「……………」

「雷神一家は先代の死を最初から受け入れていた。いや、わかっていたのです」

栄次郎は一呼吸置き、

「今の伝右衛門さんが父親に殺し屋を差し向けたのです。そして、そのことを、あなたも知っていた」

と、言い切った。

「そんな証拠がどこにある?」

「ありません」

栄次郎は首を横に振り、

「今さら、先代の死が殺しだったと明らかにすることは出来ません。また、そのつもりもありません。ただ」

「ただ?」

「私は殺し屋を捕まえたいのです。その殺し屋は決して依頼人の名を白状しますまい。ですから過去の殺しについての糾弾は出来ません。ただ、今後に起こる殺しを阻止したいのです」

栄次郎は身を乗り出し、

「力を貸していただけませんか」

と、頼んだ。

「力を貸す?」

「はい」

栄次郎は頷き、

「殺し屋に直《じか》に依頼したのか、それとも仲介人がいるのか。いずれでも、その手掛かりが欲しいのです」

「…………」

「おそらく、雷神一家の今の伝右衛門さんが仲介人を通してじつの父親を殺すように依頼したのではないかと思っています。どうやって、仲介人に接触したのか。その方法を知りたいのです」

「知ってどうするのだ？」

「仲介人に近付き、殺し屋の手掛かりを摑みたいのです。決して、三か月前のことを蒸し返すことはありません」

「伝右衛門を疑っているなら、なぜ伝右衛門にきかない」

「本人は言わないと思います。それに、殺し屋のことを他人に漏らせば仕返しをされるのではないでしょうか。だから、あなたにひそかにきき出してもらいたいのです」

「…………」

寅三は押し黙った。

厳しい顔で虚空を睨んでいた。

もしかしたら、寅三自身が依頼人を知っていたとも考えられる。

雷神一家と八幡一家の親同士の睨み合いをよそに、伜同士は無益な争いには否定的だったのではないか。

ふたりでこっそり会い、打開策を話し合っているなかで、寅三が殺し屋の話を持ち出したとも考えられる。

殺し屋に払う報酬もふたりで折半したのかもしれない。

「手掛かりだけでもいいんです。どうかお願いします」

栄次郎はしつこく頼んで、八幡一家を辞去した。

第三章　標的

一

ふつか後、夕方まで稽古をした。部屋は暗くなってきて、お秋が行灯《あんどん》に明かりを入れに来た。

稽古を終え、三味線を脇に置いた。しばらくして、お秋が呼びに来た。

「旦那がやって来たわ。栄次郎さんに話があるらしいの。ちょっと下りて来て」

お秋が言う。

旦那とは孫兵衛のことだ。いつもよりずいぶんと早い。

栄次郎は刀を持って部屋を出て、階段を下りた。

居間に行くと、いつもなら浴衣《ゆかた》に着替えているのだが、きょうは着流しのままで孫兵衛は長火鉢の前に座っていた。いつにない、厳しい顔だ。

「ここへ」

栄次郎の顔を見て、孫兵衛は長火鉢の近くに来るように言った。

「失礼します」

栄次郎は長火鉢の近くに腰を下ろした。

孫兵衛はなかなか口を開かない。

「崎田さま、何か」

栄次郎は声をかけた。

「うむ」

孫兵衛はおもむろに切り出した。

「栄次郎どのは三月十日に旗本八木主水介さまのお屋敷で開かれる桜の宴に招かれているそうだが」

「どうしてそれを？」

栄次郎は不思議に思ってきいた。

「八木さまから聞いた」

「そうですか。招かれているというより、市村咲之丞さんの踊りの地方をうちの師匠といっしょに務めることになっています」

栄次郎は孫兵衛がその話を持ち出したことを訝《いぶか》りながら、

「そのことが何か」

と、きいた。

「じつは十日前に、浜町堀《はまちょうぼり》で植木職人が斬られた。たまたま通りがかった同心が斬られた男を助け起こすと、八木さまのお屋敷に七化《しちば》けの悌次《ていじ》が、と言い残して息絶えた」

「七化けの悌次とは？」

栄次郎ははじめて耳にする名前だった。

「わからないが、どうやら殺し屋らしい。それも凄腕の殺し屋だ」

「殺し屋ですって」

栄次郎は驚いて、

「殺し屋だとどうしてわかったのですか」

と、疑問を口にした。

殺された植木職人は、八木さまのお屋敷に七化けの悌次が、と言い残しただけではないのか。

「殺された植木職人は公儀の隠密だったのだ」

　孫兵衛は声を潜《ひそ》めて言った。

「隠密ですって」

「一年前にある大名家の国許《くにもと》で、筆頭家老が死んだ。その筆頭家老は奸計《かんけい》を用いて御家乗っ取りを企てていた。この件について、探索に赴《おもむ》いていたという」

「ひょっとして、筆頭家老は盆の窪に針のようなものを刺されて死んだという？」

「そうだ。沢井から聞いていたと思うが、将軍はこの件についての探索を命じたようだ」

「そうだったのですか」

　栄次郎と沢井が調べをはじめるだいぶ前から、公儀の隠密は探索を進めていたのだ。そのことに、栄次郎は目を見張る思いだった。

「その大名家の探索で、殺し屋の存在が浮上した。他の大名家でも不審な事件が起きていないか、隠密は調べたそうだ。すると、当主が急死した御家があり、調べると、当主の死体の盆の窪に小さい傷があったという。その御家は体面を考えて病死として始末したそうだ」

「で、その隠密は殺し屋の名前まで突き止めたのですね」

「この一年近く、その殺し屋を追っていたのだ。執念だ。途中の段階で手紙にて報告を受けた上役によると、殺し屋の名前だけで、どういう経緯で名前を知ったかまでは記されていなかったそうだ。しかし、その肝心の隠密が殺されてしまった。もしかしたら、もっと何かを摑んでいたかもしれぬのだ」

「そうですね。でも、七化けの悌次という名前を探り出しただけでもお手柄ですね」

栄次郎と沢井の探索では殺し屋のことは何ひとつわかっていなかったのだ。

「戸田さまを殺したのも七化けの悌次とみて間違いないようですね」

「そうだ」

「他に何か報告を受けていたのでしょうか」

「七化けの悌次は大名や豪商に絡む殺しを主に行なっているという。殺す相手はみな大物だから殺しを依頼するのに百両から二百両はかかるだろうと記されていた」

「百両……」

「その代わり、かならず相手を仕留めてきたそうだ」

孫兵衛は厳しい表情で言い、

「盆の窪に針のようなものを突き刺す。相手は悲鳴を上げることも出来ずに絶命しているようだ。ある大名は寝間で殺されていて、隣の部屋にいた警護の侍もまったく気づかなかったそうだ」

「天井裏から寝間に下りたのでしょう」

警護の侍にも気づかれずに殺害することは難しくないことなのだ。戸田の場合、屋敷で殺《や》らず、料理屋で行なったのは、やはり依頼人の意向ではなかったか。つまり、依頼人の前で始末するという約束があったのだ。

栄次郎は木曾屋の顔を思い描いていた。

「誰も七化けの悌次の顔を見ていないのですね」

雷神一家の先代は妾の家で殺されたが、姿を見た者はいない。

「変装した姿は見られているかもしれないが、誰もほんとうの顔を見た者はいない。七化けといわれる所以《ゆえん》だ」

孫兵衛は顔をしかめて言い、

「これからが本題だ」

と、孫兵衛が鋭い目を向けた。

「殺された隠密は、八木さまのお屋敷に七化けの悌次が、と言い残した。この八木さまというのは八木主水介さまに違いない」

「八木さまが狙われているのでしょうか」

「そう思い、わしが直々《じきじき》に八木さまのお屋敷にお伺いし、用人どのに七化けの悌次の話をした。用人どのはあまり深刻に考えようとしなかった。腕の立つ警護の者がいるので心配は無用ということであった。いや、それより、果たして殺された男が八木とほんとうに言ったのか疑問だと」

「信じていないのですね」

栄次郎は確かめるようにきいた。

「それというのも、八木主水介さまが他人から恨まれるはずがないと信じきっているからだろう」

孫兵衛は複雑そうな表情で答える。

「そうですか」

ふと栄次郎は別の見方も出来ると思った。

「そう言われてみればそうかもしれないと思うほど、八木さまの評判はよい。それに隠密は、八木さまのお屋敷に七化けの悌次が、と言ったのだ。八木さまが狙われているなら、八木さまを七化けの悌次が、と言えばいい。ただ」

孫兵衛は息を継ぎ、

「用人どのと話していて、桜の宴の話になった。そこに、何人かの招待客がいる」

孫兵衛は目をぎらつかせ、

「八木さまのお屋敷に七化けの悌次が、というのは桜の宴のことを指しているのではないかと思ったのだ」

「なるほど。仰《おっしゃ》るとおりです。すると、七化けの悌次の狙いは招待客の中の誰か……」

最前に浮かんだ考えがまたも蘇った。

「そうだ。そこで、用人どのにきいたら、老中畠山越前守《はたけやまえちぜんのかみ》さまも招かれるとか」

「老中が狙いだと?」

「わからぬ。仮に、老中が狙いだとしても、屋敷に忍び込めばいいだけの話だ」

「ええ」

「で、他の客をきいた。八木家出入りの御用達《ごようたし》商人である呉服屋の『安達屋《あだちや》』、札差の『堀川屋《ほりかわや》』、その他にも何人か主立《おもだ》った者が招かれている。狙いが、そのほうにあるやもしれぬのだ」

「しかし、『安達屋』や『堀川屋』を狙うなら、何も八木家でなくても。やはり、『安達屋』や『堀川屋』に忍び込んでことをなせば……」

「狙いはふたりかもしれぬのだ」

「どういうことですか」

「これは七化けの悌次とは別件だ。半年前、ある男の葬儀の場で、ふたりの男が心ノ臓をひと突きにされて殺されたのだ。下手人はその場でとり押さえられたが、ふたり同時に殺す必要があったようだ。ひとりが殺されれば、もうひとりは警戒して姿を晦《くら》ます。だから、ふたりがいっしょにいる葬儀の場で襲ったのだ」

「なるほど」

「だから、狙いが老中か、はたまた他のふたりか」

孫兵衛は苦しそうな顔をした。

「用人どのにはお話をされたのですか」

「した。だが、取り合ってもらえなかった。そんなあやふやな話で、せっかくの宴を取りやめるわけにはいかないということだ。それに、屋敷に入れるのは身許《みもと》の知れた者ばかりであり、また警護の者をたくさん控えさせているから心配はないということだった」

「そうですか」

「奉行所の隠密同心を忍び込ませましょうかと言ったが、拒まれた。奉行所の者に屋敷に入り込まれるのがいやなのだろう」

孫兵衛は言い、

「そこでそなたにお願いするのだ」

と、真顔になった。

「幸いなことに、そなたが出席をする」

「しかし、私は三味線を弾かなければなりません。それに、私ひとりでは……」

殺し屋もわからず、狙う相手も不明。それで警護しろとは無茶な話だ。そのことを言うと、孫兵衛はしばらく間をとってから、

「我らの狙いは狙われた者を助けることではない。七化けの悌次の手掛かりを摑むことだ」

と、口にした。

「狙われた者が殺されても構わないということですか」

栄次郎はきき返す。

「そうは言っていない。だが、八木家の協力がない以上、狙われた者を助けることは難しいということだ」

「ええ」

「だが、七化けの悌次の手掛かりを摑む好機であることは間違いない。なにしろ、誰

かが殺されない限り、七化けの悌次がいたかどうかわからないのだ」

「…………」

「もちろん、襲われた者を助けた上で七化けの悌次を捕まえることが出来れば一番望ましいのは言うまでもない」

孫兵衛は付け加えた。

「誰かが襲われるのを待つしかないのですね」

「いたしかたない。七化けの悌次の顔もわからないのだからな」

孫兵衛はため息をついた。

難しいと、栄次郎は思った。狙う者も狙われる者も不明なのだ。そんな中で何が出来ようか。

「七化けの悌次はこれまでにかなりの報酬を手に入れている。いつ、引退してもおかしくない。もしかしたら、今度の仕事で最後かもしれない。そしたら、もはや永久に捕縛は出来なくなる。あとは悠々自適の暮らしを送るだろう」

孫兵衛はさらに続けた。

「今度が最初で最後の機会かもしれないのだ」

「…………」

「やってくれぬか」

「わかりました。どこまで出来るかわかりませんが、やってみましょう」

「頼んだ」

「その代わり、沢井さまに手を貸していただきたいのですが」

「もちろんだ」

孫兵衛はほっとしたように言う。

「まず、老中が命を狙われるような問題を抱えていないかどうか、お調べください。そして、招かれているひとたちについても同じことを」

「わかった」

「また、七化けの悌次についてわかっていることを、殺された隠密の上役から聞き出していただけますか」

「わかった」

「それから、隠密を斬ったのは誰でしょうか」

「わからぬ。駆け付けた同心は逃げて行く侍を見ていたが、後ろ姿だけで顔は見ていない。七化けの悌次に仲間がいたようだ」

「七化けの悌次と依頼人を仲介する人物かもしれないと思ったのですが、仲介する人物は侍とは思えません。侍であれば特定されやすいでしょうし、そもそも七化けの悌次自身も侍ではないと思われます」

「では、誰が？」

「依頼人かも」

「依頼人だと？」

「殺された隠密が植木職人に化けていたところをみると、依頼人と仲介する人物がどこぞで話しているのを盗み聞きし、それが見つかって襲われたんじゃないでしょうか。そのとき、依頼人の名が出たのでは。依頼人にとっては死活問題です。植木職人を殺すしかなかった……」

「そうか。隠密は桜の宴で、誰の依頼で七化けの悌次が誰を襲うか、すべて聞いていたのだな」

　孫兵衛は感慨深く言い、

「残念だ。もうちょっとのところで、桜の宴で誰を狙うのかわかったものを」

　と、悔しそうに言った。

　栄次郎は当日のことを考えた。七化けの悌次はいつ狙いの人物を襲うか。いうまでもない。市村咲之丞の踊りがはじまってからだ。

殺しが行なわれやすいのは、みなが市村咲之丞の踊りに見入っているときだ。こっそり背後に忍び寄り、盆の窪に針を。しかし、そのとき、栄次郎は三味線を弾いているのだ。当日、ひとりでは心もとなかった。

「ともかく、当日は頼んだ」

孫兵衛は立ち上がり、隣の部屋に着替えに行った。

栄次郎は挨拶をして、二階の部屋に戻った。

栄次郎はお秋の家を出た。

新月で月はないが、星明かりで提灯《ちょうちん》なしでも差し障《さわ》りはなかった。

御徒町から池之端仲町《いけのはたなかちょう》を突っ切り、湯島の切通しを経て本郷の屋敷に帰って来た。

すでに兄の栄之進は帰宅していた。

栄次郎は兄の部屋に行った。

「兄上は七化けの悌次という名を聞いたことがありますか」

差向いになって、栄次郎はきいた。

「七化けの悌次？　いや、知らぬな」

兄は首を横に振ってから、

「何者だ？」

　と、逆にきいてきた。

「戸田さまを殺した殺し屋が七化けの悌次だそうです」

「なに、名がわかったのか」

「公儀の隠密が探り出したのです」

　栄次郎は公儀の隠密が殺されたことを話した。

「…………」

　兄は腕組みをした。

「兄上、何か」

「いや、公儀の隠密が一年前から動いていたことに驚いている。そもそもが大名家の御家騒動の探索から七化けの悌次を追うようになったのか」

「殺し屋の口から暗殺の黒幕を聞き出そうとし、追い続けたのでしょう。そのうちに、各地で不審死が起きていることに気づいたのでしょう」

「それにしても、よく七化けの悌次という名を突き止めたものだ」

　兄は殺された隠密を称賛した。

　御徒目付として旗本や御家人の監察をする役目の兄は公儀隠密の使命感に感服した

ようだった。

「兄上、お願いがあります。旗本の八木主水介さまのことを調べていただきたいのです」

「八木さまの？」

「はい。先ほども申しましたが、殺された隠密が残した、八木さまのお屋敷に七化けの悌次がという言葉です」

「八木さまというのは八木主水介さまのことか」

「そうだと思います」

「八木さまが狙われているのか」

「いえ。八木さまは評判のよいお方で、ひとから恨まれるようなお方ではないそうですね。八木家のご用人も襲われるはずはないと否定しているようです」

「どういうことだ？」

「来たる三月十日に八木さまのお屋敷で桜の宴が開かれます。そこに、いろいろな客人が招かれています」

栄次郎は桜の宴で、自分も地方として参加すると話したあとで、

「招かれる客の中に、老中畠山越前守さまがいらっしゃるそうです」

「七化けの悌次がご老中を狙うと？」

　兄は厳しい顔になった。

「いえ、まだわかりません。その他には、八木家出入りの御用達商人の『安達屋』、札差の『堀川屋』が招かれており、狙いはそっちかもしれません」

「………」

「今、奉行所のほうでもこれらの方々が何か揉め事を起こしていないかを調べているようです」

「そうか。で、八木主水介さまのことを調べろとは？」

　改まって、兄がきいた。

「八木さまを恨む者はいないということでしたが、八木さまのほうはいかがと」

「どういうことだ？」

「八木さまが一方的に恨みを持ったり、邪魔だと思ったりしている人物がいないか」

「殺したい者を桜の宴に招いていると？」

「はい。考えられることはすべて考えておこうと思いまして」

「わかった。調べてみる」

　兄は厳しい顔で言った。

「お願いいたします。それから新八《しんぱち》さんですが、もし手が空いているようでしたら、手伝ってもらいたいと思うのですが」

新八は大名屋敷や大身《たいしん》の旗本屋敷、そして豪商の屋敷などに忍び込むひとり働きの盗人《ぬすっと》だった。忍び込んだ屋敷の武士に追われた新八を助けたことが縁で、栄次郎と親しくなった。

今は盗人をやめ、御徒目付である兄の手先として働いている。

「うむ。かまわぬ」

兄は頷いた。

「それより、そなたのほうはどうなのだ？」

「あの件なら、その後、母上から何も言ってきません」

栄次郎の養子の話だ。

「兄上がよしなに仰ってくださったのでは？」

「いや、わしのことを素直に聞いたとは思えぬ」

「そうですね」

栄次郎は気が重くなった。

「まあ、気にせんでいい。わしからも、母上によく言っておく」

「お願いします。では」

栄次郎は自分の部屋に引き上げた。

二

翌朝、栄次郎は本郷の屋敷を出ると、切通坂下から大名屋敷の間の道を通って明神下《みようじんした》にある新八の長屋にやって来た。

木戸をくぐり、新八の住まいの前に立つ。腰高障子に手をかけて、声をかけて開ける。

「あっ、栄次郎さん」

新八はふとんを畳んでいた。

「構いませんか」

栄次郎は遠慮がちにきく。

「どうぞ」

ふとんを部屋の隅に置き、枕屏風で隠して、新八は上がり口に座った。

栄次郎は腰の刀を外し、上がり框《かまち》に腰を下ろした。

新八には好きな女子が出来たはずだが、まだ所帯を持つにいたっていないようだ。

栄次郎は気になっていたが、新八から切り出すのを待っていた。

「新八さん。また手を貸していただきたいことがあるんです」

栄次郎は口を開いた。

「なんなりと」

「七化けの悌次という殺し屋のことをきいたことはありませんか」

「七化けの悌次ですか。いえ」

新八は首を横に振った。

「盆の窪に針のようなものを突き刺して相手を殺すという手口で、最近も作事奉行の戸田さまの命を奪いました。誰も見た者はなく、正体もわからないのです」

「そんな殺し屋がいるのですか」

新八は驚いたように呟《つぶや》く。

「その七化けの悌次が旗本の八木主水介さまの屋敷でひと働きをするらしいのです」

栄次郎は新八にも、殺された隠密が言い残した言葉を話した。

「八木さまを狙っているということでしょうか」

新八は眉根を寄せた。

「じつは三月十日に八木さまの屋敷で、桜の宴が開かれます。そこに老中畠山越前守さまがやって来るそうです」

「老中……」

「崎田孫兵衛さまは老中が狙いではないかと思いつつ、別にいるかもしれないとも。三月十日の桜の宴には何人かの客が招かれています。また、そこで市村咲之丞さんが踊りを披露し、吉右衛門師匠と弟子が地方を務めることになっているんです」

「じゃあ、栄次郎さんも？」

「はい。私も加わります。それで、崎田さまが私に相談に来たのです」

栄次郎はその状況を話した。

「八木家出入りの御用達商人である呉服屋の『安達屋』、札差の『堀川屋』、その他にも何人か主立った者が招かれています。狙いがその中の人物かもしれないと」

栄次郎は言ったあとで、

「ようするに、七化けの悌次の狙いが誰かわからないのです」

「狙いがわからない？」

「ええ、殺し屋の顔もわからない、狙う相手もわからない。そんな中で、孫兵衛さまから七化けの悌次の手掛かりを摑むことを頼まれたのです」

「無茶な頼みですね」

　新八が呆れたように言い、

「三月十日に七化けの悌次が八木さまのお屋敷に忍び込むというのは間違いないのでしょうか」

「隠密が死に際に言い残した言葉ですから。ほんとうだった場合は誰か犠牲者が出ることになります。だから、ほんとうだと信じて対処しておこうと思います」

　栄次郎は厳しい顔で言う。

「わかりました。で、あっしは何を？」

　新八は真顔になってきいた。

「八木さまと『安達屋』、そして『堀川屋』の関係で何か揉め事がないか調べてもらいたいのです。これは言いにくいことなのですが、場合によっては八木さまのお屋敷に忍び込んでもらいたいのです」

「八木さまが七化けの悌次を使って『安達屋』、もしくは『堀川屋』の主人を殺すと？」

　新八が驚いたようにきき返す。

「あるいは、安達屋と堀川屋を同時に」

栄次郎は桜の宴にて殺しを実行するのは、安達屋と堀川屋が同時に顔を合わせるからだと言った。

「今は考えられるあらゆることに対処出来るようにしておきたいのです」

「わかりました」

「奉行所のほうでも『安達屋』と『堀川屋』について調べることになっていますが、新八さんには八木さまとの関係を主に」

「承知しました」

「それからもうひとつ。これこそ新八さんにお願いしたいことなのです」

栄次郎は前置きをし、

「三月十日の桜の宴のとき、新八さんに八木さまの屋敷に忍び込んで、どこぞかから目を光らせていてもらいたいのです」

栄次郎は続ける。

「殺しが行なわれるのは、市村咲之丞さんの踊りを観ているときだと思われます。踊りに夢中になっている標的の背後に近付き、七化けの悌次は盆の窪に針を刺す。このとき、私は三味線を弾いていて、とうてい駆け付けられません」

「あっしが見つけたら助けに入りましょう」

「極めて危険なお願いですが」

栄次郎は新八を気づかった。

「なあに、これしきのこと」

新八は請け合った。

「では、何かあればお秋さんの家にお願いいたします」

栄次郎は腰を上げた。

外に出て、栄次郎は神田佐久間町《かんださくまちょう》を突っ切った。


栄次郎は鳥越神社の近くにある師匠の家を訪れた。きょうは稽古日ではないので、土間には弟子の履物はない。

栄次郎が声をかけると、内弟子が出て来た。

「おや、吉栄さん」

「師匠にお話が」

栄次郎が言うと、内弟子は師匠に都合をききに行った。

すぐ戻って来て、

「どうぞ」

と、招じた。

師匠と稽古場で向かい合った。

「どうかなさいましたか」

師匠がきいた。

「三月十日の八木さまのお屋敷に行くのは地方が五人だそうですが、みな師匠が選ばれたひとたちですね」

栄次郎は確かめる。

「そうです。いつもの顔ぶれです」

何年も師匠といっしょに地方を務めてきた者たちだ。

「市村咲之丞さんとお供もいつもの方でしょうか」

「ええ、お弟子さん三人に顔師《かおし》の京平《きょうへい》さんがいっしょでしょう」

顔師は踊りの演目の役に合わせた化粧を施す。長年の経験と技が必要で、七化けの悌次がいくら変装の名人でも顔師は演じられまい。

「吉栄さん。いったい、どうしたというのですか」

師匠が不審そうにきいた。

「いえ、今回はどのような方々といっしょなのかと思いまして」

説明にならない言い訳をして、ごまかした。

「すみません、稽古日ではないのに押しかけて」

「いえ」

「では、失礼します」

「もうお帰りですか」

「はい」

何か言いたそうな師匠を無視するように挨拶をして、栄次郎は引き上げた。

それから、芝居小屋のある葺屋町《ふきやちょう》に近い市村咲之丞の家に向かった。

浅草御門を抜け、浜町堀を渡って、人形町《にんぎょうちょう》通りにやって来た。横町を入ったところに市村咲之丞の家があった。

こじゃれた門を入り、格子戸の前に立つ。

栄次郎は戸を開け、土間に入って奥に向かって呼びかけた。

「ごめんください」

しばらくして内弟子の若い男が出て来た。

「杵屋吉右衛門師匠のところの吉栄と申します。咲之丞さんにお会いしたいのですが」

栄次郎は名取の名を口にした。

「少々お待ちください」

内弟子が奥に引っ込み、ほどなく戻って来て、

「どうぞ」

と、招じた。

案内されたのは稽古場だった。細身の咲之丞が自分で口ずさみながら振りを弟子に見せていた。三人の弟子が見ている。

栄次郎はしばらく待った。

稽古を中断し、咲之丞が栄次郎の前にやって来た。

「お待たせしました」

咲之丞は撫で肩で、仕種《しぐさ》も女のようだ。

「三月十日の八木さまのお屋敷のことでちょっとお訊ねしたいのですが」

栄次郎は切り出した。

「当日、咲之丞さんのお連れはどなたが？」

「私は六人で参ります。弟子三人に顔師とその助手です」

「お弟子さんはあそこにおられる方々ですね」

栄次郎は並んでいる弟子に目をやった。

「そうです」

「顔師もいつもの京平さんですか」

「そうです」

「助手もいつものお方ですか」

「そうです。それが何か」

咲之丞が不思議そうにきいた。

「いえ、顔馴染みのひとたちですと、安心ですので」

栄次郎は曖昧に言う。

咲之丞は不審そうな顔をしたが、それ以上は何も言わなかった。

「稽古の邪魔をして申し訳ありませんでした」

栄次郎は詫びて腰を上げた。


それから半刻（一時間）後、栄次郎は浅草黒船町のお秋の家に着いた。

お秋が待っていたように、

「栄次郎さん、沢井さまがお見えです」

と、声をかけた。

「わかりました」

栄次郎は階段を上がり、とば口の部屋に入った。

「お待たせいたしました」

栄次郎は声をかけて、刀掛けに刀を掛けて部屋の真ん中で座っていた沢井の前に腰を下ろした。

「崎田さまから聞いたか」

沢井が緊張した顔を向けて言う。

「ええ、驚きました」

「まさか、公儀の隠密がこっちが追っていた殺し屋に一年前から目をつけていたとは」

沢井は感嘆してから、

「七化けの悌次か」

と、呟いた。

「かなり、殺し屋に迫っていたようですね。殺されたのが残念です」

栄次郎は隠密の死を悼んだ。

「それより、八木さまの屋敷の件だ」

「はい、三月十日の桜の宴のことに間違いないと思います」

「そこで、七化けの悌次は誰かを殺るというのだな」

「そうです。なぜ、八木さまの屋敷で仕事をするのかがわかりませんが」

「戸田さまを料理屋で殺したのと同じ理由か。依頼人の目の前で、狙う相手を殺害するという……」

沢井は首をひねる。

「そうかもしれません。あるいは、崎田さまが仰ったように、同時にふたりを殺すためか。標的のふたりが集まる機会は桜の宴だけ」

「そうか。で、狙う相手だが、招かれた客の顔ぶれを見て、真っ先に注意がいくのが老中畠山越前守さまだ」

沢井は鋭い目を向け、

「その畠山さまだが、今のところ特に越前守さまを斃《たお》すことで利益を得る者の存在は浮かんでいない。幕閣においても激しい対立はない。畠山家においても特に問題はない。世継ぎの件もすでに片づいていて、とりたてて気になることはないようだ」

沢井は言ってから、

「だが、我らが調べきれていないだけで、表に現れない何かの事情があるやもしれぬ。なので、この件についても引き続き調べが必要だ」

と、付け加えた。

「今のところは、七化けの悌次が狙う相手ではないということですね」

「うむ。ただ」

沢井は気難しい顔をした。

「ただ、なんでしょうか」

「越前守さまはたいそうな女好きだそうだ。じつは気になることを聞いた」

沢井は声をひそめ、

「家臣の妻女を側室《そくしつ》にしたという噂がある。家臣の妻女を離縁させ、側室にしたというものだ」

「事実なのでしょうか」

「今、その家臣が誰か、調べている」

「それはいつ頃の話ですか」

「二年前らしい」

沢井は言った。

「七化けの悌次に依頼するには百両の金が必要だということですね。一家臣にそんな金が出来たのでしょうか」

「わからん。そのために、金をためたか」

沢井は言う。

「沢井さまのお考えは?」

「わからんが、越前守さまを狙うことは十分にあり得ると思っている」

「八木さまはいかがでしょうか」

栄次郎はきいた。

「八木さまはひとに恨まれているようには思えない。だが、これも端《はた》からはわからない何か事情があるかもしれない。畠山さまの女癖のように」

「そうですね」

栄次郎は応じてから、

「八木さまにとって邪魔な男がいるということは考えられないでしょうか」

と、口にした。

「なに、八木さまが依頼人だと?」

沢井は大きな声を出した。

「考えられることをすべて洗い出そうと思ってのことです」

栄次郎は冷静に言う。

「しかし、考えられなくはないな」

沢井も頷き、

「八木さまなら、狙う相手を屋敷に招いて自分の目の前で成り行きを見届けることが出来るからな」

「しかし、桜の宴は毎年の恒例です。それを自ら血で台無しにしてしまうことになります。そこまでするでしょうか」

「それほどまでに、排除したい相手なのかもしれぬ」

「そうですね」

「誰も彼もが依頼人であり、標的になり得る。難しい」

沢井はため息をついたが、

「それより、八幡一家の寅三のほうはどうだった？」

と、思い出してきいてきた。

「寅三に、先代の伝右衛門は殺されたのではないかとぶつけてみました。もちろん、否定しましたが、寅三は先代の伝右衛門殺しに加担しているのではないかと思いました」

「加担？　では伝右衛門殺しを依頼したのは？」

沢井が困惑ぎみにきく。

「雷神一家の今の伝右衛門ではないかと」

「自分の父親を殺したと？」

沢井は恐ろしい形相になった。

「はい。このままでは雷神一家と八幡一家の対立が行き着くところまでいってしまう。そうなったら、共倒れになりかねない。そういう危機感を持ったそれぞれの伜が話し合い、先代を病死に見せかけて」

栄次郎は続ける。

「その背中を押したのが七化けの悌次の存在です。これは勝手な想像ですが、七化けの悌次は香具師に姿を変えて諸国をまわっていたのではないでしょうか」

「香具師か」

「江戸に着いた七化けの悌次は雷神一家か八幡一家のいずれかに草鞋《わらじ》を脱いだ」

「うむ」

沢井は唸った。

「では、伝右衛門か寅三は七化けの悌次を知っているのだな」

「ええ、ただ、七化けの悌次は変装して別の人物になっていたのでは。七化けの悌次と謂われる所以ですが」

「ほんとうの顔は見ていないかもしれぬな」

「そうです」

うむと、沢井は唸った。

「疑おうとすれば何でも疑えます」

栄次郎はため息混じりに、

「ひとというのは多かれ少なかれ、誰かの恨みを買うか、邪魔者に思われているのでしょう」

「そうよな」

「この様子では、呉服屋の『安達屋』と札差の『堀川屋』も何かありそうですね。いや、他の客も同じなのでしょうが」

「うむ」

「もっとも、あえて恨みを買っているのではないかという目で見ているからで、冷静な目で見ればたいしたことではないのかも」

栄次郎は自戒を込めて言った。

「そうよな」

沢井も頷き、

「俺にも恨みを持っている者がいるかもしれぬな。いや、誰にもあるかもしれぬ」

と、呟くように言う。

「誰もが七化けの悌次に狙われているかもしれないということですね」

栄次郎は半ば驚きながら言う。

「当日、八木さまの屋敷に集まる人びとは誰が狙われてもおかしくないのだ。そうなると、ますます厄介だ」

「七化けの悌次に殺しを依頼するのは百両ということですね。百両を出せる者は限られています。それに、八木さまのお屋敷での決行ということを考えれば、狙いは絞れてくると思いますが」

「そうよな」

沢井は素直に応じ、

「やはり、八木さまは除外出来そうだな。八木さまを襲うなら、桜の宴に狙いを定める必要はない。ただ、逆のことはなんとも言えない」

「八木さまが依頼人ということですね」

「そうだ。もし、八木さまが依頼人なら、狙う相手はやはり老中の畠山さまではないかと思えるが……」

沢井は自信なさげだ。

「老中屋敷はいくら警護が厳しいといっても、七化けの悌次は難なく突破しそうですが」

「やはり、狙いは老中ではないか」

沢井は言った。

どうもさっきから堂々巡りしているようだ。

「畠山さまは用心深く、寝間に警護の侍を控えさせて就寝されるようなら屋敷で襲うことは難しいかも」

栄次郎が言うと、

「いや、側室といっしょに寝ていて殺された西国の大名の例もある。もっとも、側室が厠に立った僅かな間に殺されたようだ」

沢井は続けた。

「側室が厠に立ったあと、七化けの悌次が天井裏から寝間に下りて、殿さまの盆の窪を突き刺したのだ。側室が寝間に戻って異変を察して悲鳴を上げた。そのときには、すでに七化けの悌次は天井裏に逃げたあとだった」

「その話は畠山さまは承知しているのでしょうか」

「知っていると思うが、まさか自分が狙われているとは思ってもいまい」

「いずれにしろ、桜の宴では大勢のひとの目がある。その中での凶行となると、いくら七化けの悌次が凄腕だとしても難しいことだと思えるが」

「以前、同じような状況で当主が毒を盛られたことがありました」

栄次郎はそのときのことを思い出した。

「毒か。まさか、毒殺を……」

「それはないと思います」

「どうしてそう言えるのだ？　なら、手裏剣か吹き矢か。矢尻に毒を塗っておけば」

沢井が言い返す。

「七化けの悌次は常に同じ手口でことをなしていますね。つまり、寝ている者を殺すなら心ノ臓をひと突きにすればいいはずです。でも、それをしません。あくまでも盆の窪にこだわっています。七化けの悌次には殺し屋としての矜持があるのかもしれません。今度も盆の窪狙いです」

「殺し屋の矜持か」

沢井は呟いた。

「いずれにしろ、桜の宴までに標的が誰か数人に絞り込めれば」

栄次郎は呟く。

「沢井さま。もう一度、戸田さまが殺された『花むら』の現場を見てみたいのですが」

栄次郎はふと思いついて言った。

「何か気づいたことが?」

「いえ。ただなんとなくですが」

沢井は少し考えてから、

「いいだろう。これから行ってみよう」

沢井は意気込んで言った。

三

栄次郎は薬研堀の料理屋『花むら』に上がった。

同心の沢井がいるので、女将の態度も違った。

最初、菊川屋に招かれたときの座敷に向かった。

「この奥座敷は夜しか使っていませんので」

廊下を渡りながら、女将が言う。

途中で、栄次郎は足を止めた。庭をはさんで向かいの座敷に目をやった。その座敷から三味線の音や唄声が聞こえてきたのだ。そのとき、庭に黒い影を見たような気がしたのだ。そして、床下の暗がりに目をやった。

あの夜のことを思い出す。

床下に七化けの悌次が潜んでいたのは間違いない。すると、塀を乗り越えて、庭に入り込み、その座敷までやって来た。座敷の場所を知っていたことになる。

廊下を戻り、木曾屋が使っていた座敷の前にやって来た。この突き当たりが、殺しのあった厠だ。

「女将さん」

栄次郎は女将に顔を向けた。

「あの夜、木曾屋さんはこの座敷を望まれたのですか。それとも、この座敷にしたのは女将さんのほうで?」

「木曾屋さんの所望です。いつも『桔梗《ききょう》の間』をお使いになられますので」

女将は不安そうな顔をした。

「この座敷は『桔梗の間』というのですね」

「はい」

「あの夜、木曾屋さんと戸田さまの様子はいかがでしたか」

「様子ですか」

「いつものように楽しい雰囲気でしたか」

「そういえば、戸田さまはいつになく遠慮をなさっていたような……」

「遠慮？」

「はい。いつもはかなりずけずけと木曾屋さんに頼みごとをしたりして、わがままを言ってましたが、あの夜はそういうことはありませんでした」

女将は思い出して言う。

「木曾屋さんのほうは？」

「ひとりで座を盛り上げようとなさってました」

「そうですか」

「あっ」

女将が短く叫んだ。

「女将。何か」

沢井が訝ってきいた。

「ええ、木曾屋さん。終始、にこやかでいらっしゃいましたが、ときたま険しい表情になることがありました」

「険しい表情に？」

沢井がきいた。

「はい。いつもはそんな顔は見せないんですけど」

女将は戸惑いながら答えた。

明らかに、両者の関係は終わっていたように思える。

それから栄次郎は厠に行った。

戸を開け、中に入る。

それほど狭くはない。天井を見上げる。

それから、栄次郎は外に出た。

「矢内どの、何か気づいたことがあるのか」

廊下で待っていた沢井が栄次郎の顔を見て言った。

「あの夜、賊は塀を乗り越えて侵入し、『桔梗の間』の下までやって来ました。そして、この厠の天井裏に潜んだ。当夜、はじめて忍び込んだだけでは『桔梗の間』まで辿り着くのはたいへんです」

「すると、七化けの悌次はこの座敷を下調べしていたと？」

「そのはずです」

栄次郎は女将のそばに行った。

「木曾屋さんは戸田さまとお見えになる前、この座敷を使われましたか」

栄次郎がきくと、女将は戸惑いぎみに、

「ええ、まあ」

と、答えた。

「女将。大事なことだ。ちゃんと答えるのだ」

沢井が女将に注意をした。

「はい」

「木曾屋さんはいつ来たのですか。戸田さまとお見えになるどのくらい前でしょうか」

栄次郎は問いかける。

「確か、三日前に」

女将は答える。

「ひとりではありませんね」

「ええ」

「連れは何人でした」

「おひとりです」

「どなたかわかりますか」

「仲買人のお方です」

「仲買人?」

「木曾まで材木を買いつけに行くそうです」

「名は?」

「…………」

「どうした?」

沢井がせっつく。

「はい。確か、房吉《ふさきち》さんとか」

女将が答える。

「いくつくらいでした？」

栄次郎が再びきく。

「四十歳ぐらいでしょうか」

「はじめて見えたのですね」

栄次郎は確かめる。

「ええ、はじめてです」

「背格好はどんな感じでしたか」

「中背で、細身でした」

「わかりました」

「矢内どの。ひょっとして、その男は……」

沢井はあとの言葉を呑んだ。

「引き上げましょうか」

栄次郎が言うと、沢井は察したように、

「女将、邪魔をした」

と礼を言い、引き上げた。

『花むら』を出ると、沢井が待ちかねたようにきいた。

「房吉という男は七化けの悌次か」

「おそらく。木曾屋さんが下見のために連れて来たのだと思います」

栄次郎は想像した。

「これから木曾屋に行こう」

沢井が急いて言う。

「木曾屋さんはとぼけるだけだと思います」

栄次郎は慎重になった。

「しかし、仲買人の名を問いつめて追い込めるのではないか」

「まず、房吉という仲買人がいるかどうか、それを確かめてからのほうがいいのでは」

「そのほうが言い逃れが出来ないか」

「ええ」

栄次郎は答えてから、

「私もその前に、戸田さまのことで、真山さまに確かめたいことがあるのです」

「何か」

「木曾屋さんと戸田さまの関係です。戸田さまは木曾屋さんから新木屋さんに乗り換えたのではないか。そのことを確かめに」

「しかし、真山どのはわからないと言っていたようだが」

「ええ。でも、もう一度確認を。そのことと仲買人の房吉の両面から責めたら木曾屋さんを追い詰めることが出来るかもしれません。ただ、それでも口は割らないでしょうが」

「そうだな」

「それに、房吉という男が七化けの悌次だとしても、変装しているはずです。四十歳という年齢も偽りでしょう。もちろん、顔も違うでしょう」

「うむ」

「ただ、背格好は変えようもありません。七化けの悌次なら中背で細身です。それだけでも、大きな手掛かりです」

「そうだな」

沢井は頷き、

「これから材木の仲買人を当たってみる。明日、お秋どのの家に伺う」

「わかりました。では、私は戸田さまのお屋敷に真山さまをお訪ねします」

そう言い、栄次郎は沢井と別れ、小川町に向かって柳原通りに入った。

四

小川町にある戸田家の屋敷に着いた。

長屋門に近付き、門番に声をかけ、真山誠三郎に会いたい旨を伝えた。

門のそばで四半刻（三十分）ほど待たされて、ようやく真山がやって来た。

「待たせた」

真山がすまなそうに言う。

「いえ。突然、お訪ねして申し訳ありません」

「いや」

ふたりは屋敷を離れ、お濠《ほり》のほうに足を向けた。

一ツ橋御門《ひとつばしごもん》の近くのお濠端に立ちどまり、栄次郎は真山に顔を向けた。

「お屋敷のほうは落ち着かれましたか」

「どうにか。無事に跡目相続が済み、ご子息が新しい当主になられた」

「そうですか」

「真山さまと田部井さまは？」

「どうなるかわからん。肩身の狭い思いをしている。やはり、下手人が挙がらぬと」

真山は言ってから、

「殺し屋は七化けの悌次という男だそうだな」

「そうです。かなり凄腕の殺し屋のようです」

「で、何かわかったのか」

真山は期待するようにきいた。

「先ほど、沢井さまと料理屋の『花むら』に出向き、もう一度現場を見てきました。やはり、殺し屋は事前に下見をしていると思いました」

「下見？」

「はい。すると、事件の三日前に、木曾屋さんが仲買人の房吉という男と同じ座敷に上がっていたことがわかりました」

「その男が七化けの悌次だと？」

「今、沢井さまが仲買人の房吉のことを調べています。その上で、木曾屋さんに話をききに行くことになっています」

栄次郎は説明してから、

「その前に戸田さまのことでお伺いしたいことが」

と、きく。

「何か」

「まず、戸田さまは木曾屋さんと深い結びつきがあった。ところが、最近になって新木屋さんが戸田さまに接触を図ってきた」

「うむ」

「新木屋さんの攻勢は凄まじいものがあったのですね。付け届けの額も木曾屋さんより大きい」

「そうだ」

「それに、女もあてがっていたとか」

「…………」

「そうなのですね」

「うむ。殿が女好きなことを見抜き、新木屋はそのほうからも殿を籠絡してきた」

真山は顔をしかめた。

「戸田さまは心変わりをしはじめたのではありませんか」

「そのことは前も言ったが、わからない。殿ははっきり言わなかった」

「新木屋さんの内儀をご存じですね」

栄次郎がふいにそのことを持ち出すと、真山は微《かす》かにうろたえた。栄次郎は構わず続けた。

「あの内儀。かなりの美人ですね。若くて色っぽい」

「…………」

真山は落ち着きをなくしている。

「真山さん。戸田さまは新木屋さんに……」

「待て」

真山は栄次郎の次に続く言葉を制した。

「それ以上言うな」

「なぜ、ですか」

「死んだお方を貶《おとし》めることになりかねない」

「戸田さま殺しを依頼した人物を明らかにするために事実を確かめたいだけです」

「…………」

「私が続けようとした言葉は事実だと受け止めていいのですね」

「いや、そういうわけでは……」

「私は七化けの悌次の依頼人は木曾屋さんだと思っています。証《あかし》はありませんが、状況からみてそう考えざるを得ません。ただ、深い結びつきの木曾屋さんが、戸田さまを殺す理由はない。もし、あるとすれば、戸田さまの心変わりです。木曾屋さんから新木屋さんにつきあいを変えた場合です。でも、木曾屋さんは戸田さまに心変わりはないと言います。ですが、もし、戸田さまが新木屋さんの内儀を望んだ……」

「やめてくれ」

真山は叫び、

「殿は自分から他人の妻女を所望するようなひとでなしではない」

と、訴えた。

「では、新木屋さんのほうから?」

栄次郎は鋭くきいた。

「……………」

今度は真山は何も言い返さなかった。

「戸田さまは新木屋さんの申し入れを受けたのですね」

栄次郎は決めつけて言う。

「……………」

返答がないのは認めたと同じだ。

「真山さま。苦しめるような問いかけをして申し訳ありませんでした」

「いや。早く、殿の仇《かたき》を討ってもらいたい」

そう言い、真山は屋敷に戻って行った。

その後ろ姿を目で追いながら、やはり警護に失敗したという事実が屋敷内での立場を弱くしているのかもしれないと思った。

栄次郎はその足で深川に向かった。


一刻（二時間）後、栄次郎は三好町の『新木屋』の客間にいた。

細身で三十代半ばの『新木屋』の主人貞太郎と向かい合った。

「新木屋さんと戸田さまの関わり具合を正直にお話ししていただけませんか」

と、栄次郎は切り出した。

「前にも申しました。近付きになりたかったのですが、その前にあのようなことに」

貞太郎は表情を曇らせた。

「戸田さまは、木曾屋さんから新木屋さんに乗り換えたのではありませんか」

栄次郎はずばりきいた。

「いや、まだ戸田さまの気持ちは固まっていませんでした」

「そうでしょうか」

栄次郎は異を唱えた。

「新木屋さん、ほんとうのことをお話ししていただけませんか」

「…………」

「ほんとうは戸田さまは木曾屋さんと縁を切り、新木屋さんと手を結ぶことになったのではありませんか」

「いや、戸田さまはいくら賄賂《わいろ》を多くしても首を縦には振りませんでした」

「戸田さまは女好きだったとか。金で動かなくても女で動いたのではありませんか」

「…………」

貞太郎は眉根を寄せた。

「いかがですか」

「いくら女好きだといっても、好みはわかりませんからね」

貞太郎は吐き捨てるように言う。

「新木屋さんの内儀さんのようなお方はいかがでしたか」

「なに」

貞太郎の顔色が変わった。

「内儀さん、とてもきれいなお方ですね。戸田さまもさぞかし、その美しさに見とれたのではないかと思ったのですが」

「戸田さまがどう思ったかなど、わかりようがありません」

貞太郎は憤然と言う。

「たとえば、こういうことは考えられませんか」

そう言い、栄次郎は仮定の話をした。

「戸田さまは、新木屋さんと親しくなれば美しい内儀さんの顔を拝むことが出来ます。また、内儀さんの酌《しゃく》でお酒だって呑めるかもしれません。そう思って、新木屋さんに乗り換えようとしたのでは」

栄次郎は内儀を人身御供にしたという表現を避けて言う。

「新木屋さん。戸田さまとの関係において、内儀さんの存在は大きかったのではありませんか」

「………」

「戸田さまは木曾屋さんから新木屋さんに乗り換えたのではありませんか。大きな役割を果たしたのが内儀さんでは」

栄次郎は迫る。

「いかがですか。戸田さまは新木屋さんに？」

「そうです。戸田さまは木曾屋さんと袂を分かち、私どもと手を組むことになった……」

「なぜ、最初からそのことを仰っていただけなかったのですか」

栄次郎は確かめる。

「それは……」

貞太郎は言いよどんだ。

「内儀さんのことがあるからですね」

栄次郎は口にした。

「戸田さまと手を組んだというと、家内のことが取り沙汰されるかもしれません。戸田さまは亡くなったのです。すべて台無しになった」

「戸田さまを殺した者が憎くないのですか」

「私の野望が潰えたのです。憎いに決まっています」

貞太郎は歯嚙みをし、

「木曾屋さんの仕業《しわざ》だろうと思っています。しかし、そのことで木曾屋さんが捕まったら、私と戸田さまとの関係で家内の話が出てしまうかもしれません。それを恐れたのです」

「それにしても、なぜ木曾屋さんは内儀さんと戸田さまのことに気がついたのでしょう」

「戸田さまが木曾屋さんに自慢げに話したそうです。新木屋を選んだ決め手は内儀だと木曾屋さんに言ったそうです」

「戸田さまはそのようなことを」

「戸田さまが亡くなって私の野望が潰えたことへの怒りの一方で、家内を慰み者にした男がいなくなった安堵感もあります」

貞太郎は複雑な心情を吐露した。

「ずかずかと心の内まで踏み込んでしまい、申し訳ありませんでした」

栄次郎は頭を下げた。

「いや」

貞太郎は首を横に振った。

「では、失礼いたします」

栄次郎は腰を上げた。

翌日の昼過ぎ、沢井が黒船町のお秋の家にやって来た。

二階の部屋で差向いになって、まず沢井が切り出した。

「材木の仲買人に房吉という男は確かにいた」

「いたのですか」

栄次郎はきき返す。

「だが、この男は小肥りで、『花むら』に上がった男とは背格好が違う。それに、木曾屋と『花むら』に上がったことはないそうだ」

「やはり、木曾屋さんといっしょにいた男は七化けの悌次かもしれませんね」

栄次郎は冷静に言い、

「新木屋さんが戸田さまとの密接な関係を認めました」

「ほんとうか」

「はい。戸田さまは木曾屋さんから新木屋さんに乗り換えたそうです」

「これで木曾屋が戸田さまを殺したくなった理由がわかった。こうなれば、木曾屋に直に問いつめるだけだ」

沢井は勇んで言った。

五

　その日の夕方、栄次郎と沢井は深川入船町にある材木問屋『木曾屋』を訪ね、主人の勘十郎と客間で向かい合った。

「戸田さまが殺された数日前、そなたは『花むら』に行っているが、連れは誰だ？」

　沢井が切り出した。

「そのことでございますか」

　勘十郎は苦い顔をした。

「どうした？」

「あの男はとんでもない食わせ者でして」

「なんだと」

　思いがけない言葉に、沢井は目を剝いた。

「はい。あの男は材木の仲買人の房吉と名乗って私に近付いてきました。安く、大量の檜《ひのき》を仕入れることが出来ると言うのです。私はすっかり信用してしまいました」

　栄次郎は思わずため息をついた。

最初からこのような言い訳を用意していたようだ。

「騙《だま》されたと言うのか」

「はい。あとで連絡をとろうとしたら、教えてもらっていた住まいは出鱈目《でたらめ》でした。手付けの十両をとられました」

勘十郎は苦笑した。

「なぜ、奉行所に訴え出なかったのだ」

沢井が責める。

「自分の恥を晒すことになるからです。あんな素人《しろうと》だましの話にまんまと乗せられてしまったことを知られるのはちょっと……」

「なぜ、『花むら』に誘ったのだ?」

「それもすっかり信用してしまったからです」

「そなたが『花むら』に決めたのか」

「いつも使っている料理屋ですから」

勘十郎は平然と言う。

「戸田さまを招いたと同じ座敷を使っているな」

「私はいつもその座敷ですので」

「木曾屋さん」

栄次郎は口を入れた。

「房吉とはどこで知り合ったのですか」

「店の前で声をかけられたのです」

「あなたを信用させるほどの態度だったのですか」

「そうです」

「どのような男ですか」

「中背で細身、四十歳ぐらいでしょうか」

「房吉が現れたのはいつですか」

「ひと月ほど前でしたか」

勘十郎は思い出すようにして答える。

栄次郎はそのときが七化けの悌次との出会いだったのではないかと思った。誰かから引き合わされたのだ。そう思ったとき、はたと気がついた。

「あなたは香具師の八幡一家の寅三さんをご存じですね」

栄次郎は決めつけた。

「それが？」

勘十郎は微かに表情を歪めた。

「いえ、ご存じかどうか」

「知っています」

「隠居をした先代の寅三さんと親しいつきあいを？」

「まあ、そうです」

さっきまでの勢いはなかった。

「だったら、浅草の雷神一家と八幡一家が揉めていたことをご存じですよね」

これも決めつけて、栄次郎は言う。

「知っています」

勘十郎は答える。

「その揉め事がどうなったかも？」

「なぜ、そんなことを？」

勘十郎は不服そうにきいた。

「大事なことです」

「…………」

「いかがですか。知っていますね」

栄次郎がきくと、

「どうなのだ？」

と、沢井が強く迫った。

「知っています」

「どうなったのでしょう？」

栄次郎がさらに問う。

「なぜ、そんなことまで私が答えなければならないのです？」

勘十郎が声に怒りを滲ませた。

「答えたくない理由でも？」

栄次郎は勘十郎の顔をじっと見つめる。

勘十郎は目を逸らした。

「雷神一家の先代伝右衛門さんが妾の家で急死しました。このことにより、両者の対立が終息したのです。ずいぶんとうまい具合に、先代が死んでくれたものです」

栄次郎は言ってから、

「伝右衛門さんの死因はなんだと思いますか」

「病死だと聞いています」

「これはなんの証もありませんが、おそらく戸田さまと同じ。盆の窪を刺されて」

「…………」

「さきほどの仲買人の房吉と名乗る男は八幡一家の隠居から紹介されたのではありませんか」

栄次郎は確かめるようにきいた。

「違う」

勘十郎は強張った声で言う。

「木曾屋に七化けの悌次を引き合わせたのは八幡一家の隠居だと？」

沢井が驚いてきいた。

「木曾屋さんと話していて気づきました。いったい、木曾屋さんはどうやって七化けの悌次を知ったのか」

栄次郎は続けた。

「そもそも、七化けの悌次はどういう伝《つて》で江戸に入って来たか。香具師になりすまして諸国を歩きまわっていたのではないかと考えたのです。そして、江戸に来て八幡一家に草鞋を脱いだ。その頃、雷神一家と対立しているときでした。伝右衛門さんさえいなくなればと、当時の寅三さんが嘆いたのを七化けの悌次が聞いて、おそらく、七化けの悌次が殺しを引き受けると耳元で囁いたのでは。あるいは、殺し屋を知っているると言ったのかもしれません」

「七化けの悌次は殺し屋との仲介人に化けていたということか」

沢井が言う。

「そういうことだと思います」

改めて、勘十郎に顔を向け、

「木曾屋さん、いかがですか」

と、きいた。

「…………」

勘十郎は押し黙った。

「仲買人の房吉というのは、殺し屋との仲介人の男のことではないのですか」

栄次郎はきいた。

「違う……」

勘十郎の声は震えた。

「木曾屋、なんとしてでも、殺し屋の動きを阻止しないと、また新たな犠牲者が生まれてしまうのだ」

「知らない」

勘十郎は叫ぶように言う。

「木曾屋。このままで済むと思っては間違いだ。今は証はないが、必ず悪事は白日の下に晒される。そのときになって後悔しても遅い」

沢井が激しく言い、

「『木曾屋』を潰してもいいのか」

と、投げかけた。

「…………」

勘十郎はうなだれた。


それから栄次郎と沢井は深川の永代寺門前町にある八幡一家を訪ねた。

広い間口の土間に入り、出て来た若い男に、

「隠居した先代に会いたい」

と、沢井が言った。

「隠居ですかえ」

若い男は戸惑いぎみに、

「少々、お待ちを」

と言い、奥に向かった。

しばらくして戻って来た。

「どうぞ、こちらから」

若い男はいったん外に出てから裏に廻り、裏口から中に入った。庭を抜けて、母屋に向かった。

濡縁で鬢《びん》に白いものが目立つ男と少し若い男とが将棋を指していた。ほどなく、相手が投了した。

その男が去ってから、沢井が声をかけた。

「先代の寅三だな」

「へえ、さようで」

野太い声で答える。

「七化けの悌次のことできき たい」

あえて、沢井は名を出した。

先代の寅三は目を細め、

「なんのことでしょうか」

と、きいた。

「そなたが、雷神一家の今の伝右衛門に、七化けの悌次を引き合わせたことはわかっているのだ」

沢井は強引に言う。

「何を仰っているのか」

先代の寅三はとぼけた。

「三か月前に、ここに草鞋を脱いだ男がいたな」

「うちには季節ごとにいろいろなひとが来ますからね」

「その中に四十歳ぐらいで細身の中背の男がいたはずだが」

「そんな特徴の者はたくさんおりますよ」

沢井が栄次郎に顔を向けた。

栄次郎は目顔で頷き、

「三か月前まで、浅草の雷神一家と八幡一家は揉めていましたね」

と、先代の寅三に言う。

「そんなこともありましたな」

「そのとき、あなたは雷神一家の先代の倅、今の伝右衛門どのに会いに行きませんで

「なんで、あっしが会いに行かなくちゃならないんですかえ」

「対立を収めるためです」

「それなら、伜に会ったってだめでしょう。先代の伝右衛門と話し合わなければ」

「それは無理だったんですよ。なぜなら、一番の元凶が伝右衛門さんだったからです」

「…………」

「雷神一家の伜も、争いごとは望んでいなかった。だが、伝右衛門さんが過激だった」

「まあ、そうだ。あの伝右衛門は富ケ岡八幡宮《とみがおかはちまんぐう》に目をつけていた」

「あなたは浅草奥山《おくやま》を手に入れたいとは？」

「思いませんね」

「そうですか。ところが、ある日、突然、伝右衛門さんが妾の家で亡くなった」

「そう。天罰が下ったのでしょう」

　先代の寅三はほくそ笑んだ。

「そう思いますか」

「そうでしょう。あの男ひとりのために、雷神一家と八幡一家の対立が続いたのですからね」

「なるほど」

栄次郎は大きく頷き、

「ならば、なぜ、あなたは隠居をしたのですか」

と、すかさずきいた。

「それより、対立する相手の頭《かしら》が死んだのです。その機に乗じて、相手の縄張りに食い込むことも出来たんじゃないですか」

「そんな卑怯な真似は出来ませんよ。それに、わしらはひとの縄張りを欲したりしませんから」

「それなら、なおさら、あなたが隠居をする必要はなかったのでは？　まるで、あなたが隠居をすることが何かの条件になっていたのではないかと勘繰ってしまいますが」

「何かの条件ってなんですか」

「雷神一家では伝右衛門さんが死に、八幡一家ではあなたが隠居をし、現役を退く」

「ばかな」

　寅三の片頬が微かに震えた。

「雷神一家の伝右衛門の死は七化けの悌次という殺し屋の仕業と思われるのだ」

　沢井が口を出した。

「…………」

「どうなのだ」

「あっしは伝右衛門の死に関わりはありません」

「死に関わりはない？　つまり、伝右衛門の死は殺しだと認めるのだな」

「誰も、そんなことは言ってませんよ」

「なぜ、あなたは隠居をしたのですか」

　栄次郎がきく。

「前々から、考えていたんですよ。深い意味はありません」

「雷神一家の伜との話し合いがあってのことではないのですか」

「違います」

「話がついていたのではありませんか」

「ばかな。何を証拠に？」

　先代の寅三は憤然とした。

「材木問屋の木曾屋を知っているな」

沢井はきいた。

「ええ、まあ」

「三か月前に草鞋を脱いだ男を木曾屋に紹介したな」

「いえ」

「いいのか、嘘をついて。木曾屋はいずれ認めるはずだ」

「………………」

「ひょっとして」

栄次郎ははっと気がついた。

「あなたが隠居をしたのは伝右衛門さんが亡くなるより前のことではありませんか」

「そうです」

「雷神一家との話し合いがあったからではなく、万が一のときに八幡一家を守るためですね。殺し屋を雇った罪を一身に受けるために」

「………………」

「あなたは雷神一家の伝右衛門さんの倅にこっそり会い、殺し屋を使って伝右衛門さんを殺す。それしか対立を収める手立てはない。その代わり、自分も隠居すると告げた。倅も同意し、病死として始末をつけることを約束した。いかがですか」

栄次郎は迫る。

「七化けの悌次への報酬はあなたが用立てたのですね」

「…………」

「どうなのですか」

「証はありますかえ」

先代の寅三は最後の抵抗を試みるように言った。

「ありません」

「なら、どうしようもないじゃありませんか」

先代の寅三は冷笑を浮かべた。

「七化けの悌次は新たな仕事を引き受けているんです。これ以上殺しを続けさせるわけにはいかない。教えてください。七化けの悌次のことを」

栄次郎は訴えた。

「そのような男がいたかもしれませんが、もう二度と連絡はつきません。どこにいるかわかりません」

「殺しを依頼したことを認めるんですね」

「そうじゃない。そんな男がうちに草鞋を脱いだと言っているんです。すぐ出て行きました。だから、もう連絡のとりようもないと言っているんです」

「木曾屋さんに紹介したことはいかがですか」

「木曾屋さんにはいろいろなひとを紹介していますからね」

「三か月前に草鞋を脱いだ男を紹介したのはいつですか」

「ひと月前ですかね」

「なぜ、紹介したのですか。二度と連絡はつかないと言いながら、どうしてひと月前に引き合わせることが出来たのですか」

「…………」

「それから、同じ香具師で、その男のことをききに来た者がいたはずですが?」

「さあ」

「その男は殺されました」

「…………」

「これ以上、問答を続けても無駄のようだ」

沢井が見切りをつけて言い、

「七化けの悌次についてだんだんわかってきた。いずれ、捕まえることは出来るだろう。そのときになってから白状しても遅い。よく考えることだ」
と、諭した。
「行こう」
沢井は腰を上げた。
栄次郎も立ち上がった。
やはり、勝負は三月十日の桜の宴だと、栄次郎は無意識のうちに拳を握りしめていた。

第四章　桜の宴

一

ふつか後の夜。栄次郎が宵《よい》の口に本郷の屋敷に帰ると、母が待ちかねたように部屋にやって来た。

「栄次郎、入りますよ」

「どうぞ」

母が入って来た。

向かいに座るなり、母が口を開いた。

「近頃、また何かと忙しそうですね」

「いえ、それほどでも」

栄次郎は曖昧に答える。

「先日話した養子の件ですが」

「母上、そのことはまだ……」

栄次郎はあわてて言う。

「わかっています。じつは、その件で、岩井さまがあなたにお話があるそうです」

「御前《ごぜん》が」

岩井文兵衛のことだ。一橋家の用人をしていたが、今は隠居している。栄次郎のことをもっとも理解してくれているひとりだ。

「明日の昼前、いつもの小石川《こいしかわ》のお寺さんに」

「わかりました」

「よろしいですね。さっそく、返事の使いを出します」

母が岩井文兵衛に栄次郎を説き伏せるように頼んだのだろう。栄次郎は思わずため息をついた。

母が引き上げてしばらくして、

「栄次郎」

と、襖《ふすま》の外で兄の声がした。

「兄上、お帰りでしたか」

栄次郎は立ち上がって襖を開けた。

兄はまだ袴《はかま》姿だった。

「わしが着替え終わる頃、部屋に来てくれ」

「わかりました」

頃合いを見計らって、栄次郎は兄の部屋に行った。

差向いになって、兄がきいた。

「母上がそなたの部屋から出て来たが、例の件か」

「はい。ですが、岩井さまが私に話があるとのことです」

「御前がか。また、母上は御前にそなたの説得を頼んだようだな」

兄は苦笑した。

「はい。明日、お会いすることに」

「まあ、御前はそなたの味方だからいいが、御前も母上に頼まれて苦しい立場だ」

兄は同情した。

「そうですね」

栄次郎は応じてから、

「兄上、何か」

と、待ちかねたようにきいた。

「八木さまのことだが、八木さまが恨みに思ったり、邪魔だと思ったりしている者はいないようだ。八木さまは芸事を好まれるお方で、たいへんおおらかな人柄、ひとを恨むこともなければひとから恨まれることもない」

「そうでしたか」

これで、七化けの悌次の狙いが八木主水介でもなければ、逆に八木主水介が七化けの悌次を使って招待客の誰かを殺そうとしているという考えは排除してよさそうだった。

「それから、老中の畠山さまに関してだが、特に政敵がいるわけでもなく、畠山さまを斃《たお》して得をする人物もなさそうだ」

兄はそう言ってから、

「ただ、二年前に家臣の妻女を離縁させ、側室にしたらしい」

「…………」

そのような噂があると、沢井から聞いていた。

「その家臣は誰かわかっているのですか」

「春日征二郎《かすがせいじろう》という。その後、近習番に出世したそうだ」

「近習番ですか」

「畠山さまの側に仕えている」

ふと、新木屋の妻女のことを思い出した。

「妻女を側室にして出世して満足なのでしょうか」

栄次郎はやりきれない思いがした。

「身分の低い者にとってはどんな手を使ってでも上にいきたいという思いはあるかもしれぬな」

「自分の妻を奪った男の側でよく平気で仕えることが出来るものですね」

「それはそなたが名誉や地位に執着しないからだ。名誉や地位を欲する者もいよう」

「そうですが。ちなみに、春日征二郎はその後は独り身で？」

「そうらしい」

「そうですか」

栄次郎は呟き、ふと、春日征二郎はまだ別れた妻女に未練があるのだろうかと思ったとき、

「春日どのは三月十日はお供で八木さまのお屋敷に？」

「おそらく、供をするであろう」

「………」

「どうした? 春日征二郎が畠山さまに恨みを晴らそうとしているとでも?」

兄が鋭くきいた。

「まだ妻女に未練があるとしたら、十分に考えられることでは……」

栄次郎は可能性があると思った。

「春日征二郎の内面はわからぬが」

兄は呟く。

「このこと、頭に入れておきます」

「うむ」

兄は頷いてから、

「その後、何かわかったのか」

と、きいた。

「はい。おそらく、七化けの悌次は飴売りや歯磨き売りなどの香具師に化けて諸国をまわり、江戸に入ったあともいったんは深川にある香具師の元締め、八幡一家に草鞋を脱いだのではないかと思われます」

「香具師であれば諸国を自由に動きまわれるな」

「はい。殺された隠密もそこに目をつけ、香具師に変装して追ったのではないでしょうか。そして、七化けの悌次という名を聞いた」

「隠密はかなり迫っていたようだな。隠密を殺したのは誰だ？」

「おそらく、依頼人だと思います。侍です。隠密は依頼人と七化けの悌次が会っている場所に植木職人としてもぐり込んで盗み聞きしたのではないでしょうか。だが、気づかれた。依頼人は追いかけて隠密を斬ったのです」

「なるほど。で、依頼人は七化けの悌次と直接会っているわけだな」

兄は確かめるようにきく。

「ええ。でも、七化けの悌次は変装していて素顔は晒していないはずです」

「七化けの悌次は常に他人と会うときは変装しているわけか」

「そうだと思います」

「そうか。だんだん、七化けの悌次の動きがわかってきたな」

「といっても、まだ、わからないことだらけですが」

栄次郎が悔しそうに言う。

「そうだな」

兄もため息をつく。

「いずれにしろ、勝負は三月十日です。必ずや、七化けの悌次を捕らえてみせます」

栄次郎は勇んで言った。


翌朝の四つ（午前十時）に、栄次郎は小石川にある寺に着いた。

庫裏《くり》にある庭に面した客間に、すでに岩井文兵衛は来ていた。五十近いが、色気のある男だった。たまに栄次郎を料理屋に誘い、栄次郎に三味線を弾かせて端唄《はうた》を唄うのだ。

「御前、ご無沙汰しております」

栄次郎は挨拶をした。

「わざわざ、呼び出してすまなかった」

文兵衛が言う。

「いえ。また母が無理なお願いをしたようで」

「うむ。母御から話を聞いて、ちょっと気になったので、相手の旗本のことを調べてみたのだ」

「気になる？」

「うむ」

文兵衛は難しい顔をし、

「栄次郎どのはこのたびの養子の話をどう聞いておられるか」

と、きいた。

「まだ、詳しくは。さるお旗本の家に養子に入る。ただ婿養子ではないと」

「旗本の名は？」

「最初からお断りするつもりでしたから、お名前は聞いていません」

栄次郎は正直に答える。

「では、相手の旗本の家の事情などは何も知らないのだな」

「ええ。まったく知りません」

栄次郎は答えてから、

「何か、その御家に問題が？」

と、きいた。

「いや、そうではない。その旗本は評判のよいお方であり、なんら問題はない」

「そうですか、では、何があるのでしょうか」

「うむ。その旗本は一千石の……」

「御前」

栄次郎は口をはさんだ。

「どうか、先方の名は」

「わかった」

文兵衛は頷いてから、

「じつは、その御家には世嗣《せいし》がいるのだ」

と、言った。

「世嗣？　長男でしょうか」

「そうだ。長男がいるのに、なぜ栄次郎どのを養子に迎えようとしているのか」

「…………」

「長男は体が弱く、長生き出来ない。そんな事情があるのかとも思ったが、そうではなかった。頑健なお方だ」

文兵衛は首をひねり、

「なんのために、栄次郎どのを養子に迎えようとしているのか」

と、呟いた。

「母はなんと？」

「いや、母御も知らないのではないか」

「まさか、そんなことがあるとは思えません。母が怪しげな話に乗るなんて」

「さっきも言ったように、その旗本は立派なお方だ。だから、母御も信用したのだろう。あるいは、この話を持ち込んだ者が母御にとって信じられるお方だったのかもしれない」

「御前もそのお方を知らないのですか」

「母御は教えてくれなかった。とにかくいい話なので、栄次郎を説得してくれないかと」

「そうですか」

「母御がどこまで知っているのかわからないが、この養子話には裏がありそうだ」

「やはり、お断りするのが賢明ですね」

「いや」

文兵衛は厳しい顔になって、

「出来たら、その旗本に会ってみたらどうだ?」

「会うのですか」

「真意を確かめるのだ」

文兵衛は身を乗り出し、

「断ったら、何があったのかわからず仕舞いになろう。もちろん、それで済めばいいが、また別の形でこの件が降り掛かってくるやもしれぬ」

「御前は何か心当たりでも？」

「いや。そうではないが……」

確信がないから口にしないだけで、文兵衛は何か気づいていることがあるのではないか。栄次郎はそう思った。

「会うことで話を受けると思われませんか」

「そのことは最初に母御に強く言っておくのだ。念のために、相手のお方と話し合ってみたいということを強調して」

「そうですね。わかりました。そうしてみます」

栄次郎は言ってから、

「ただ、三月十日までは何かと忙しく、そのあとにでも」

と、猶予を願った。

「三月十日に何かあるのか」

「はい。旗本の八木主水介さまのお屋敷にて桜の宴が開かれます。そこで、市村咲之丞さんが踊りを。その地方を務めることになっているのです」

「そうか。八木さまはそのようなことを」

「はい。老中の畠山さまや出入りの商人などが招かれております」

「そうであったか」

文兵衛は口許を綻《ほころ》ばせ、

「八木さまもなかなか芸事がお好きな方だからな」

と、口にした。

「八木さまをご存じでいらっしゃいますか」

「何度かお会いしたことはある。なかなか、楽しいお方だった」

「評判のよい殿さまのようですね」

「うむ。立派なお方だと思う」

やはり、七化けの悌次の狙いは八木主水介ではないことを確信した。

「老中の畠山さまはいかがですか」

「わしは会ったことはないが、老中としてしっかり仕事をなさっていると聞いている。確か、畠山さまは謡《うたい》をやられているはずだ。そんなことから、八木さまとは気が合うのかな」

文兵衛は目を細め、

「わしも招かれたかったな」

と、うらめしそうに言った。

そこには希代《きたい》の殺し屋が、と思わず口にしそうになった。よけいな心配をかけまいと、栄次郎は言葉を呑んだ。

「桜の宴が終わったあとで、また栄次郎どのの糸で唄わせてもらおう」

文兵衛が笑みを浮かべて言う。

「はい、喜んで」

栄次郎は答えた。

「わしは、ここの住職と話があるので」

「では、失礼いたします」

栄次郎は頭を下げて立ち上がった。

山門を出てから、栄次郎を養子に望んでいる旗本のことに思いを馳せた。ちゃんと世嗣がいるという。母はそのことを知らずに養子に行くように願っているのか。

いったい、その旗本はなんのために栄次郎を養子に迎えようとしているのか。栄次郎はそのことを考えながら、浅草黒船町に向かった。

二

浅草黒船町のお秋の家に着くと、戸口から少し離れた場所で年寄りの鋳掛《いか》け屋が鍋の修繕をしていた。

鋳掛け屋はちらっと顔を向けた。だが、すぐに作業に戻った。

栄次郎は戸を開けて、土間に入った。

「今、鋳掛け屋さんに鍋の修繕をお願いしているの」

お秋が言う。

「そうですか。あまり見かけないお顔ですね」

「ええ。十日ほど前にはじめてやって来て。お年寄りだから可哀そうになって、その後も頼んでいるの」

「そうですか」

栄次郎は二階に上がった。

しばらくして窓から下を見ると、さっきの鋳掛け屋がとぼとぼと引き上げて行った。

昼前に、沢井がやって来た。

「八木家出入りの御用達《ごようたし》商人の『安達屋』と札差の『堀川屋』についての調べの報告がきた」

沢井が手札を与えている岡っ引きの調べだ。

「まず『安達屋』だが、商売上では大きな揉め事はない。同業者にきいてみても、『安達屋』を悪く言う者はいなかったそうだ」

「そうですか」

「ただ、三年前に、店の金を使い込んで辞めさせられた手代がいたそうだ。当時で、二十一歳。『安達屋』に恨みを持つとしたらこの手代しか浮かんでこない」

「その手代が『安達屋』に恨みを持っているにしても、逆恨みでしかないようですね」

「うむ。それに、七化けの悌次に依頼するのに百両いるとすれば、そんな大金を元手代が出せるとは思えない」

「そうですね」

「次に札差の『堀川屋』だが」

沢井は続ける。

「同業の『丸岡屋《まるおかや》』とはかなり張り合っているようだ。『丸岡屋』は別の役者を後援しているが、その役者は市村咲之丞と同じ女形《おやま》で、ふたりは犬猿の仲だそうだ」

「ちなみに、その役者の名は？」

栄次郎はきいた。

「橋村玉次郎《はしむらたまじろう》だ。咲之丞よりだいぶ若い。若さと美しさで玉次郎、芸と色気で咲之丞といわれているそうだ」

「そうですか。札差なら百両を工面することは出来ましょうが……」

どうも相手を殺すほどの切羽詰まった思いはないようだ。

「『安達屋』と『堀川屋』も標的ではないようですね」

「そうだろう」

沢井は言ってから、

「老中の畠山さまのことだが、二年前に家臣の妻女を離縁させ、側室にした件だが」

と、切り出した。

「その家臣は春日征二郎といい、その後、近習番に出世したそうだ」

兄から聞いた話とほぼ同じだった。

「いまだに妻女に未練があれば、春日征二郎が畠山さまを殺そうとする気持ちはわからなくはないが……」

「ええ。でも、近習番に出世していますが」

「うむ」

「それに、春日征二郎が畠山さまを殺すなら殺し屋を使わず、己の手で恨みを晴らすのではないかと」

栄次郎は自分の考えを述べた。

だが、そうとばかりは言えないという考えがもう一方である。今の地位を失わず、畠山だけを抹殺するには七化けの悌次に依頼したほうがいい。そのための百両が手に入れば実行するかもしれない。

「春日征二郎は百両を工面出来るでしょうか」

栄次郎はきいた。

「やはり、無理なような気がするが」

「いずれにしろ、当日は畠山さまの周辺にも目を配ります」

「うむ。あとの招待客のことも順次調べている」

沢井は言ってから、

「その中で、気になる男がいた」

と、眉根を寄せた。

「誰ですか」

「木挽町《こびきちょう》にある、高級な茶器を扱っている『芳香堂《ほうこうどう》』の主人伊之助《いのすけ》だ」

沢井は続ける。

「八木さまは茶会も開いているほどに茶道にも造詣が深く、『芳香堂』から茶器を買い求めている。去年、丘尾十郎《おかおじゆうろう》という浪人が『芳香堂』の前を通ったとき、ある売り物の茶碗を見て目を剝いた。それは、浪人が家宝としている茶器を『芳香堂』に買い取ってもらったものだ」

栄次郎は黙って聞いている。

「買いたたかれて売った茶器が高額で売られていたことに、丘尾十郎は『芳香堂』に苦情を入れた。しかし、主人の伊之助はまったく取り合おうとしなかったために、かっとなった丘尾十郎は伊之助に殴り掛かった。そこに岡っ引きが駆け付け、丘尾十郎はお縄になった……」

「丘尾十郎はどうなったのですか」

「お解き放ちになったが、丘尾十郎の言い分は通らなかった」

聞いていて、違うと思った。七化けの悌次が引き受けるようなことではないという より、仕返しに殺し屋を雇うことに違和感があった。伊之助が許せないなら丘尾十郎自身がやるはずではないか。

「丘尾十郎はその後、血を吐いて倒れ、ひと月前に亡くなったそうだ」

「亡くなった？」

栄次郎は胸騒ぎがした。

「ひょっとして死ぬ前に七化けの悌次に……」

「うむ。丘尾十郎は病気を押してどこかに出かけていたようだ。そして、丘尾十郎は死期を悟っていたかのように家に伝わる品物をすべて処分したと。ある道具屋は丘尾十郎所有の仏像を十両で買ったと言っていた。その道具屋が言うには、丘尾十郎の家には何もなかったと」

沢井は息継ぎをし、

「すべて金に変えた。その金はどうしたか」

と、栄次郎の顔を見つめた。

「七化けの悌次に渡ったと？」

「そうだ。死期を悟った丘尾十郎は残りの仏像や短剣などを売って、その金を七化けの悌次への依頼に使ったのだ」

「………」

「もちろん、証拠はない。これはあくまでもそう解釈出来るということでしかない」

「しかし、なぜ、八木さまのお屋敷で実行するのでしょうか。なにも、そこまで待つ必要はないはずですが」

「我らが気づいていない何かがあるのかもしれない」

沢井は首を傾げた。

「でも」

栄次郎は異を唱えた。

「公儀の隠密は、依頼人の侍と七化けの悌次の会話を盗み聞きし、そのことに気づかれて依頼人の侍に追われて斬られたと思われます。だとすると、丘尾十郎が斬ったことになりますね。死期の迫った病人にそんな気力があるでしょうか。隠密とて無腰だったとはいえ、剣客です。病人にむざむざとやられはしなかったのでは……」

「……………」

「それに、丘尾十郎が、なぜ八木さまのお屋敷で殺すように指示するのかもわかりません。丘尾十郎が依頼人なら、どこで『芳香堂』の伊之助を殺すかは七化けの悌次に任せるはずです。第一、伊之助が桜の宴に招かれているということを、丘尾十郎が知っているとは思えません」

「しかし、我らの気づいていない何かがあるかもしれない」

沢井は警戒を緩めずに言った。

「わかりました。注意を向けておきます」

「引き続き、招待客を調べる」

そう言い、沢井は引き上げて行った。


それからしばらくして、新八がやって来た。

「『安達屋』の主人ですが、吉原《よしわら》の遊女を身請けしようとしています。ところが、この遊女に夢中なのが旗本の外山仁十郎《そとやまじんじゆうろう》です」

「外山仁十郎……」

「五百石だそうです。このままでは安達屋にその遊女をとられてしまう。それで、安達屋を亡き者にしようとしたとも」

新八は息継ぎをし、

「『安達屋』はその遊女の身請けのために千両を用意したという話があるそうです」

「百両があれば、安達屋を……」

栄次郎は考えたが、やはり、丘尾十郎の場合と同じことがいえる。

「依頼人の侍は七化けの悌次との会話を盗み聞きした公儀の隠密を襲っています。旗本の外山仁十郎がそこまでするかどうか」

栄次郎は疑問を投げかけた。

「七化けの悌次との交渉は家来がやったとは考えられませんか」

「家来ですか。それに、なぜ安達屋を殺《や》るのに桜の宴でなければならなかったのか。この説明がつかないように思えますが」

「確かに、狙う機会はいくらでもありますからね」

新八も首を傾げた。

「これが、外山仁十郎も桜の宴に招かれていて、目の前で安達屋が斃されるところを見たいというならわかりますが」

「小禄の旗本が招かれているとは思えませんね」

新八は落胆したように言う。

「しかし、何か桜の宴のときでなければならない事情があるかもしれません。当日は十分に注意をしましょう」

栄次郎は言い、

「『堀川屋』のほうはどうですか」

と、きいた。

「特に問題になりそうなことはありませんでしたが、ただ『堀川屋』と同業の札差『丸岡屋』とは贔屓《ひいき》の役者のことで険悪な関係になったことがあったそうですが、殺しにまで発展するとは思えません」

「ええ、そのことは同心の沢井さまからも聞きましたが、この件には当てはまらないと思います」

栄次郎はそう結論付け、

「どれも決め手に欠けますが、これまでにわかった疑わしい事例は……」

と、栄次郎は説明した。

老中畠山越前守の近習番春日征二郎、『芳香堂』の主人伊之助との関わりで丘尾十郎、『安達屋』の主人と吉原の遊女を争っている旗本外山仁十郎の名を出した。

だが、栄次郎はいまひとつ胸に響いてこないのだ。

「この三件について、もう少し詳しく調べてみます。屋敷に忍び込んで様子を探ってみます」

そう言い、新八は引き上げて行った。

しばらくして、栄次郎もお秋の家を出た。

半刻（一時間）余り後、栄次郎は深川入船町にある材木問屋『木曾屋』を訪ねた。

主人の勘十郎と客間で向かい合い、

「また、七化けの悌次のことですが」

と、栄次郎は切り出す。

「来る三月十日の旗本八木主水介さまのお屋敷で開かれる花見の宴の場で、七化けの悌次が誰かを襲うかもしれないのです。どうか、七化けの悌次についてわかっていることを教えていただけませんか」

「知らないと言ったはずです」

勘十郎は弱々しい声で言う。

「八幡一家の寅三さんから香具師を紹介してもらいましたね」

「いや」

「寅三さんは、雷神一家の伝右衛門さんが殺されるより前に隠居しました。なぜだと思いますか」

「…………」

「ことが露見したとき、罪を一身で負い、八幡一家に累を及ばせないためだと思います。木曾屋さん、木曾屋の主人がお縄になればお店にも」

「私は身代を伜に譲り、隠居することにしました」

勘十郎が呟くように言った。

「そうですか。それで正解だと思います。万が一のときにはあなただけの問題として対処出来ますからね」

「………」

「七化けの悌次について答えられないのなら、仲買人の房吉という男について教えてください」

そのほうが話しやすいだろうと思った。

「いかがですか。おそらく、房吉は変装をしていたと思います。『花むら』の女将《おかみ》が言うには、歳は四十ぐらい、細身の中背ということでした。それ以外に何か、気がついたことはありませんか」

俯けていた顔を上げ、勘十郎が言った。

「ときたま、右の耳朶《みみたぶ》を人差し指と中指ではさんでいました」

「右の耳朶を？　癖ですか」

「癖だと思いますが、しょっちゅうではありません」

「その他には？」

「いや」

勘十郎は首を横に振った。

しかし、それだけでも大きな手掛かりだった。

その夜、本郷の屋敷に帰った栄次郎は仏間で母と向かい合った。

「岩井さまと会われましたね」

母が確かめる。

「はい、会いました」

栄次郎は答えてから、

「一度、先方のどなたかとお会いして話をお聞きしたいのですが」

と、頼んだ。

「そうですか。会いますか。さっそく先方にお伝えしましょう」

「母上」

栄次郎は言い、

「あくまでも話をお聞きするだけです。養子の話を受け入れるかは、話をお聞きした上でのことです」

「何か疑問でも？」

母はどこまで知っているのだろうか。先方に世嗣がいることを知っていて養子に行かせようとしているのか。

「母上は先方に……」

栄次郎は言いさした。

「何か」

「いいえ。先方に会うのは三月十日よりあとにしていただけますか」

「わかりました。そう伝えておきます」

母は何か言いたそうだったが、そのまま口を閉じた。

翌朝、栄次郎は元鳥越町にある吉右衛門師匠の家に行った。三味線の稽古に入る前に、栄次郎は思い詰めた表情で口を開いた。

「師匠、じつはお話が」

栄次郎の顔付きから尋常ではない様子を察したのか、師匠も真剣な眼差しを向けた。

「桜の宴での地方を他の方に代わっていただけないでしょうか」

「何かあったのですか」

師匠はきき返す。

「じつは、桜の宴で、戸田さまのときのような惨劇が起こるかもしれないのです」

「惨劇ですと?」

「はい。戸田さまを殺した殺し屋は七化けの悌次という男だとわかりましたが、すべて謎の男です。この七化けの悌次が三月十日の桜の宴で何者かを襲うようなのです」

栄次郎は事情を話し、

「八木さまは事態を重く受け止めていないようで、奉行所の介入を受け入れませんでした。七化けの悌次が動くとしたら、踊りにみなの目が向いているときです。狙った客の背後から盆の窪を刺すのだと思います」

栄次郎は間を置き、

「もし、そういう事態になれば、踊りどころでなくなり、桜の宴そのものが台無しになってしまいます」

「由々《ゆゆ》しきことです」

師匠も表情を曇らせた。

「それで、私が三味線を弾いていたのでは異変に対処出来ません。なんとか、市村咲之丞さんの踊りが邪魔されないように、事前に賊を見つけ出したいのです」

栄次郎はわけを話し、

「間際《まぎわ》になってこんなことを申し出て混乱するだけだとは十分に承知しておりますが、どうか私のわがままを」

と、頭を下げて訴えた。

「わかりました。そういう事情ならいたしかたありません。吉昌《きっしょう》さんにお願いしてみましょう」

吉昌は古株の弟子だ。今回も脇《わき》三味線で加わっている。それを立《たて》三味線に変える。

「ありがとうございます」

栄次郎は頭を下げてから、

「当日は私も三味線を弾く体裁で加わり、異変に目を光らせます」

「わかりました」

師匠は厳しい表情で頷いた。

その後、栄次郎は新八と打ち合わせをし、桜の宴を待った。

そして、いよいよ三月十日になった。七化けの悌次が誰を襲うのかわからぬままであった。

三

駿河台の八木主水介の屋敷に続々と招かれた客が入って行く。

栄次郎と師匠の吉右衛門たちが控えの間として用意された部屋に行くと、すでに市村咲之丞が来ていて化粧をしていた。

栄次郎もそこで黒の着物と袴に着替えた。この部屋には顔師や咲之丞の弟子たちも大勢いるが、みな見知った顔ばかりだった。

栄次郎は部屋を出て、廊下から庭に出た。

庭に仮設の舞台が出来ていた。昨日のうちに舞台は仕上がっており、携わった職人たちは昨日のうちに引き上げているという。

栄次郎は舞台を検《あらた》めた。新八はもう忍び込んで、どこぞに潜んでいるのか。七化けの悌次もこの屋敷のどこぞにいるかもしれない。

新八には、七化けの悌次は人差し指と中指で右の耳朶をはさむ癖があることは伝えてあった。

正面の大広間は障子が取り払われ、中央に脇息と分厚い座布団の席がふたつ並んであり、その左右に脇息のみが配置されている。

脇息付きの席は当主八木主水介と老中の畠山越前守が座るのだ。その左右に、八木主水介の奥方や子女たちが並ぶのであろう。

栄次郎は控えの間に戻った。すでに市村咲之丞は真っ赤な衣装に着替えていた。

それから四半刻（三十分）後、八木家の家来が呼びに来た。

「みなさま、お集まりになりました」

「では」

吉右衛門が応じ、栄次郎たちも舞台に向かった。

地方が舞台に並んだ。立唄は杵屋吉右衛門、立三味線は栄次郎に代わって杵屋吉昌。そして、脇三味線に笛と太鼓が並んだ。

栄次郎は舞台の袖から、正面に八木主水介と畠山越前守が並んで座っているのを見た。その左右に少し下がって、奥方や子女、そして、八木家の用人や主立《おもだ》った家来が座っている。廊下には毛氈《もうせん》が敷かれ、安達屋や堀川屋、芳香堂と並んでいる。さらに、庭先にも毛氈が敷かれ、商人や職人ふうの男たちが招かれて座っていた。

栄次郎はさりげなく左右に目を這わす。怪しいひと影はない。だが、すでに七化けの悌次は屋敷内に入り込んでいるかもしれない。

新八は天井裏に潜んでいるはずだ。

いよいよ、『京鹿子娘道成寺』の長唄がはじまり、師匠吉右衛門の高音が轟《とどろ》いた。

栄次郎は舞台の袖から離れ、庭の端をまわって座敷に近付く。廊下の端から、老中畠山越前守、『安達屋』の主人、それに『芳香堂』の主人伊之助に目をやる。

市村咲之丞が舞台に登場する。栄次郎は舞台に顔を向けている客に目を這わす。

恋の分里武士も道具を伏編笠で
張と意気地の吉原……。

踊りは続いていく。まだ、不審なひと影は目に入らなかった。

やがて、黒装束に黒い頭巾という黒子の格好をした後見《こうけん》が舞台に出て来て市村咲之丞の背後に近付く。後見の手を借り、引き抜きで咲之丞は赤から浅葱色《あさぎいろ》の衣装に代わった。見物人から思わず感嘆の声がもれた。唄も『鞠唄《まりうた》』に変わり、咲之丞は両手で交互に鞠をつく仕種で舞う。

まだ、何も起きなかった。

江戸の吉原から京の島原《しまばら》、撞木町《しゅもくまち》、難波四筋《なにわしすじ》、最後は長門《ながと》の下関《しものせき》、長崎《ながさき》の丸山《まるやま》と名の知れた色里を唄い継ぐ吉右衛門の声が耳に入るが、栄次郎の張り詰めた神経は客の背後に向かっていた。

七化けの悌次は変装が得意だ。姿を変えてこの場に潜んでいるかもしれない。そう思い、栄次郎は庭先の毛氈の上に座っている商人や職人ふうの男たちに目をやった。

七化けの悌次の標的から外したひとたちだ。

七化けの悌次が殺しを引き受ける対象ではないとの判断からだ。この者たちが狙いなら何も桜の宴を利用する必要はない。

ふと、廊下の隅に目をやった。八木家の主立った家来が座っている並びに女中が数人座っていた。その向こうに中間《ちゅうげん》ふうの男がいた。その男が席を立った。まさかと思った。七化けの悌次が中間に化けているのか……。

しばらくして、舞台のほうを見て、おやっと思った。黒子が地方の後ろに現れたのだ。すでに舞台には黒子がいる。黒子はふたり用意をしていたのか。

黒子がふたりいたのかと思ったが、気になった。栄次郎は舞台のほうに向かった。

新たに登場した黒子は舞台に出るわけではなかった。舞台の袖から見物人のほうを見て、誰かを見つけようとしているのではないか。

そんな気がして、栄次郎は舞台の背後にまわった。すると、黒子は逃げるように築山のほうに向かった。

栄次郎は追った。黒子の前に立ちはだかった男がいた。新八だった。

黒子は挟み打ちになった。

「失礼ですが、あなたは後見の方ですか」

栄次郎は声をかける。

「…………」

黒子は黙っている。

「この男、さっきまで中間の姿になっていました」

新八が近付いて言う。

「中間？」

「ええ、納戸《なんど》部屋に着物が脱ぎ捨ててありました。黒子の衣装と着替えたのです」

さっき立ち上がった中間だ。

「七化けの悌次ですぜ」

新八は身構えて、

「天井裏から様子を窺っていて、女中と並んで中間が座っているのを不審に思っていたら、耳朶を人差し指と中指ではさんだんです」

舞台のほうから三味線の音が聞こえてくる。

「七化けの悌次か」

栄次郎は黒子に確かめる。

黒子は懐《ふところ》に手を突っ込んだかと思うと、いきなり匕首《あいくち》を抜いて栄次郎に突進して来た。栄次郎は身を翻《ひるがえ》して避ける。

「七化けの悌次、逃さぬ」

栄次郎は叫ぶ。

黒子は匕首を構え、栄次郎に迫る。

新八が黒子の背後に近付く。

「新八さん、任してください」

栄次郎は新八を制した。

無腰だが、相手を押さえつけることは出来る。そう思ったが、七化けの悌次は匕首の扱いに馴れていた。

匕首を振り下ろすたびに風を切る音がした。

「誰に頼まれた？」

栄次郎は後ずさりながらきく。悌次は無言で迫る。

「誰を狙っていたのだ？」

しかし、返事はない。

そのとき、ひとの駆け付ける足音がした。八木家の家来が走って来た。

悌次はそれに気づくと、塀のほうに向かって逃げた。

「待て」

栄次郎は追った。

だが、塀を乗り越えて消えた。

新八も塀に飛び乗った。

だが、塀の上で新八は憤然と言った。

「もう、姿が見えません」

そう言い、新八は塀の向こう側に飛び下りた。

家来が駆け付けて来た。

「何があったのだ？」

年長の侍がきいた。

「怪しい者が入り込んでいたので問い質しましたが、逃げられました」

栄次郎は無念そうに答える。

いつしか、踊りは終わっていた。酒宴に入っていた。

翌日、栄次郎はお秋の家で、訪れた新八と差向いになった。

「桜の宴はなんの問題もなく、盛況のうちに終わりました」

結局、七化けの悌次が現れたことを知っているのは栄次郎と新八だけで、駆け付けてきた八木家の家臣は黒い影を遠目に見ただけだ。それが恐ろしい殺し屋だとは想像もしていなかった。

「外で、沢井さまが待機していました。黒子の男は見なかったそうです。でも、すぐに探索に動きました」

「八木さまの屋敷を引き上げたとき、沢井さまの姿が見えなかったので、もしや新八さんと会って経緯を聞いたのかもしれないと思っていました」

「そのとおりです。沢井さまにすべてお話ししました」

新八は言ったあと、

「七化けの悌次は屋敷に忍び込んだあと、中間になりすまして屋敷内を歩きまわっていたようですね」

と、悌次の動きを想像した。

「本物の中間は踊りの最中は見物人の後方に控えていたそうです」

栄次郎は宴のあとに調べた結果を伝え、

「残念です。あと少しで捕まえられたものを」

と、唇を嚙んだ。

八木家の家来が駆け付けて来なければ七化けの悌次は逃げなかったかもしれない。栄次郎たちは無腰だし、恐れることはないと思っていたようだ。

「栄次郎さん」

新八は厳しい表情で、

「七化けの悌次は中間に化けて、女中の後ろから見物人の様子を窺っていたのです。踊りがはじまって動きました」

「ええ、そうでした」

そこは栄次郎も見ていた。

「悌次は途中で黒子の衣装に着替え、舞台に向かったのです」

新八は身を乗り出し、

「七化けの悌次の狙いは舞台にあったのではないでしょうか」

と、きいた。

「舞台に？」

「ええ。見物人の中に標的がいるなら、なにも舞台のほうに向かう必要はありません」

「確かに、そのとおりですね。舞台の袖から見物人を見るためと思ったのですが、すでに見物人の様子は女中の後ろから探っていたわけですからね。それに」

と、新八は続けた。

「狙う相手が見物人の中にいるのなら、黒子に変装する必要はありません」

「まさか、七化けの悌次の狙いは舞台の上の人物……」

「そうです。咲之丞さんです」

「しかし、七化けの悌次はいつ咲之丞さんを殺るつもりだったのでしょうか。踊っている最中ではありませんね」

「ええ。踊りが終わったあとでしょうね。舞台袖に引っ込んだあととか。でも、舞台に近付いた七化けの悌次は栄次郎さんに目をつけられたと思い、あわてて引き返したのです」

栄次郎は胸が締めつけられるようになった。

女形の市村咲之丞と橋村玉次郎は張り合っていて、犬猿の仲だという。芸と色気で咲之丞、若さと美しさで玉次郎という。

そのことを言うと、新八は頷いて、

「市村咲之丞さえいなくなれば、橋村玉次郎が女形の第一人者になるという思いから」

と、想像した。

「玉次郎には七化けの悌次を雇うほどのお金はないでしょうから……」

「ええ。札差の『丸岡屋』は玉次郎を贔屓にしています」

「うむ」

栄次郎は唸った。

「ただ、なぜ桜の宴で実行しなければならないのかがわかりません」

新八は首を傾げた。

「それより、肝心な点があります。依頼人との話を盗み聞きした隠密は刀で斬られているのです。七化けの悌次が会っていた相手は侍なのです」

「札差の『丸岡屋』と取引のある御家人かその家来が丸岡屋に頼まれて七化けの悌次と会っていたとは考えられませんか」

「なるほど」

栄次郎はため息をつく。

「栄次郎さん。あっしは『丸岡屋』を調べてみます」

「ええ、お願いします。もし、狙いが咲之丞さんなら早く手を打たないと」

沢井に警護をしてもらう必要があるかもしれない。ただ、まだ、七化けの悌次の狙いが咲之丞だと決まったわけではない。

「では、さっそく」

新八は腰を上げた。

ひとりになって、栄次郎は改めて咲之丞のことを考えた。果たして、玉次郎とそれほど対立しているのだろうか。

じっとしていられなかった。栄次郎は刀を持って部屋を出た。

「どちらへ？」

階下で、お秋がきいた。

「一刻（二時間）ほどで戻ります。もし、沢井さまがお見えになったら待っててもらってください」

そう頼んで、栄次郎はお秋の家を出た。

四半刻（三十分）後、栄次郎は日本橋本町にある木綿問屋『菊川屋』を訪れ、主人の段右衛門と客間で向かい合った。

「お忙しいところをお邪魔して申し訳ありません」

栄次郎は急の訪問を詫びた。

「いえ。そういえば、昨日は八木主水介さまのお屋敷で、市村咲之丞とごいっしょだったのですね。いかがでしたか」

四十半ばで、恰幅のいい段右衛門は口許を綻ばせて言う。

「はい。咲之丞さんの踊りにみなさん魅了されていました」

盛況のうちに終わったことを告げたあと、

「じつはそこである事件が起こりまして」

と、栄次郎は切り出した。

段右衛門の眉の辺りが翳った。

「何が?」

「いえ、何ごともなく終わりました。そのことでの心配はいりません」

安心させてから、

「『花むら』で作事奉行の戸田さまを殺した殺し屋のことを覚えていらっしゃると思

いますが」

「あのときは驚きました」

「その殺し屋は七化けの悌次という名であることがわかり、もうひとつわかったことが」

　栄次郎は間をとった。

「なんでしょう」

　段右衛門が身を乗り出した。

「桜の宴に七化けの悌次が現れるという話が耳に飛び込んできたのです。もちろん、誰かを狙うためです。その誰かがまったくわかりません。何か問題を抱えていそうなひとを何人か選び、昨日はそのひとに注意を向けていたのですが、当てが外れました」

「…………」

「咲之丞さんの踊りがはじまってしばらくして、舞台に近付いてくる黒子の格好をした男がいました。黒子はすでに舞台で後見をしています。不審に思って、その黒子に向かって行くと、いきなり踵《きびす》を返して逃げました。追いついて問いつめると、私に襲いかかって来ました」

「なんと。では、その黒子が殺し屋……」

「そうです。七化けの悌次に間違いないと思われます。八木さまの家来も駆け付けたため、七化けの悌次は逃げてしまいました。それで、何ごともなく桜の宴は終わりました。みなさんは殺し屋が現れたなど露ほども思わなかったはずです」

栄次郎は息継ぎをし、

「問題はここからです」

と、口にする。

段右衛門は黙って頷く。

「殺し屋は黒子の格好で、舞台に向かって来たのです。つまり、狙いは舞台にいる人物ではなかったか」

「まさか、咲之丞だと」

段右衛門は啞然とする。

「はっきりとはわかりません。ただ、黒子の格好で舞台に近付いたことから、狙う相手は舞台にいたものと想像出来るのです」

栄次郎は段右衛門を見つめてきいた。

「咲之丞さんは誰かから恨まれたり……」

「いや、咲之丞はひとさまから恨まれるようなことはないはずです」

段右衛門は首を傾げた。

「咲之丞さんがいなくなって得をする者は？」

栄次郎はさらにきく。

「さあ」

「たとえば、同じ女形の橋村玉次郎とは？」

「確かに、ふたりは敵愾心を燃やしています。でも、好敵手がいてこそ、お互いに芸は磨かれていくものではありませんか。今のふたりはそういう関係です」

段右衛門は言い切り、

「それに、玉次郎は咲之丞を排除しようなどとは思っていないはず。玉次郎にとって咲之丞はいい手本のはず」

「本人同士はそう思っていても後援者としてはどうですか。自分の贔屓の役者に肩入れするあまり、相手がいなくなればと思うことは……」

「それを言うなら」

段右衛門は考えながら、

「これは咲之丞を贔屓にしている私の本音ですが」

と、断って続けた。

「かえって、玉次郎がいなくなってくれたほうが、と思うのではないでしょうか」

「………」

「咲之丞はもう四十歳です。玉次郎はまだ三十歳と若く、美しさもある。今はまだ咲之丞は芸の力で舞台で華やかさを見せていますが、玉次郎が芸を積んでくれればやがて……」

段右衛門はあとの言葉を喉の奥に呑み込んだ。

やがて、玉次郎が咲之丞を追い抜くと見ているようだ。

「もし、咲之丞が狙われるとしたら、玉次郎とは別だと思います。しかし、最前も申したとおり、咲之丞はひとさまから恨まれるような男ではありません。しいていえば、女子でしょうが、それも……」

段右衛門の話を聞きながら、栄次郎は思わずあっと叫びそうになった。

四

日本橋本町から浅草黒船町に向かいながら、栄次郎は七化けの悌次の狙いについて考えを巡らせていた。

段右衛門の話を聞く限りでは、咲之丞が狙われる理由はないようだ。しかし、七化けの悌次は黒子の格好をして舞台に向かったのだ。

咲之丞以外に誰がいるか。師匠吉右衛門か。しかし、吉右衛門にしろ、他の舞台に居並ぶ者にしろ、なにもわざわざ桜の宴で行なう必要はない。

すると、最後に残ったのは……。

黒船町に入り、お秋の家に近付くと、先日の年寄りの鋳掛け屋が前を歩いていた。お秋の家の前を素通りした。

その鋳掛け屋の少し背を丸めた後ろ姿を見送ってから、栄次郎はお秋の家に入った。

「沢井さまがお見えですよ」

お秋が出て来て言う。

「わかりました」

栄次郎は二階に上がった。

「お待たせいたしました」

栄次郎は声をかけて、沢井と向かい合って腰を下ろした。

「昨日はご苦労だった」

沢井は口を開いた。

「八木さまの屋敷の外で、新八どのに会って経緯を聞いた。辻番所などを聞き込みながらあとを辿ると、黒装束の男の足跡は太田姫稲荷《おおたひめいなり》の付近で消えた」

「そうですか。おそらく太田姫稲荷の境内のどこかで着替え、別人に変装して逃げて行ったのでしょう」

栄次郎は想像を述べた。

「それにしても、七化けの悌次の狙いは誰だったのか。黒子の格好で、舞台に向かっていたとなると、市村咲之丞ではないかと思ってしまうが」

「木綿問屋『菊川屋』の段右衛門さんから話を聞いてきました」

栄次郎はその内容を伝えた。

「そうか。咲之丞ではないとすると……」

沢井は考え込む。

「沢井さま。七化けの悌次は昨日は失敗しましたが、依頼された仕事はやり遂げようとするはずです。狙いは咲之丞さんではないと思いますが、念のために咲之丞さんの身辺警護をお願い出来ますか」

「わかった」

沢井は請け合ってから、

「しかし、咲之丞でなかったとしたら、いったい狙いは誰なのか」

と、いらだったように言う。

「ちょっと気になったことがあります」

栄次郎は口にした。

「何か、それは？」

「もう少し調べてからでないとなんとも言えません。まったくの見当違いかもしれませんので」

「そうか」

沢井は頷き、

「では、俺は咲之丞をはじめとして踊りの関係者を調べてみる」

と言って、立ち上がった。

ひとりになって、栄次郎はますます屈託が胸いっぱいに広がった。

その夜、本郷の屋敷に帰って、栄次郎はすぐ母と仏間で向かい合った。

「なんですか、栄次郎。ずいぶん険しい顔ですが」

母が不審そうにきいた。

「母上、ちょっと私も養子先のことでお伺いしたいことがあります」

栄次郎は口を開き、

「母上は相手の旗本のことをどこまでお聞き及びなのですか」

と、続けた。

「どこまでとは？」

母は不思議そうにきく。

「ちなみにその旗本の名を教えていただけますか」

「一千石の寄合席、権藤左馬之助《ごんどうさまのすけ》さまです」

「権藤左馬之助さまですね。養子に行ったら、私はどうなるとお思いですか」

「どうなるとは？　異なことをおききになりますね。知れたこと。ゆくゆくは栄次郎が権藤家を……」

「母上にこの話を持ち込んだのはどなたですか。岩井さまではありませんね」

「西丸書院番《にしのまるしよいんばん》の香田右近《こうだうこん》さまです」

「西丸書院番？」

栄次郎は瞬間、いやな臭いを嗅いだように思わず顔をしかめた。

「香田さまはなぜ？」

「栄次郎の養子先を探していることを耳にしたようで」

「どなたから命じられて？」

「さあ、そこまでは聞いていません」

西丸には大御所治済が住んでいる。

「母上、権藤左馬之助さまには世嗣がいらっしゃることをご存じでしたか」

「世嗣？　どういうことですか」

「ご子息がいるのです」

「まさか」

「岩井さまが心配して教えてくれました。母上はほんとうに知らなかったのですか」

「知りません。知っていたら、あなたをそんなところにやるわけがありません」

母は険しい顔をした。

「そうですか。母上も知らされていなかったのですね」

栄次郎は呟く。

「いったい、どんなつもりで栄次郎を養子に迎えようとするのでしょうか」

母は怒ったように言う。

「私が養子に行ったら、世嗣である長男を差し置いて、私に権藤家の跡を継がせるとでもいうのでしょうか」

栄次郎は首を横に振り、

「そんなはずはありません。そんなことをしたら、長男が黙っていません」

と、訴えた。

「香田さまにきいてみます」

母は憤然と言った。

「母上。私が直《じか》にききます。香田さまとお引き合わせを。急ぎます。明日、小石川のいつも岩井さまとお会いするお寺で」

「わかりました。すぐに使いを送ります」

母は立ち上がった。

栄次郎は自分の部屋に戻った。

今夜は兄は宿直《とのい》で屋敷にいなかった。

半刻（一時間）後に香田右近から使いが来た。明日は都合が悪いとかで明後日の朝四つ（午前十時）に、小石川の寺で会うことになった。

翌朝、栄次郎は本郷の屋敷を出て明神下にある新八の長屋を訪ねた。

腰高障子を開けると、新八はまだ寝ていた。

出直そうと、戸を閉めようとしたら、

「栄次郎さん、もう起きますから」

と、新八が横になったまま声をかけた。

「すみません。起こしてしまいましたね」

栄次郎は土間に入って詫びた。

「いえ、寝坊してしまいました」

新八は気合いをかけて起き上がって急いでふとんを片づけた。

栄次郎は刀を腰から外し、上がり框に腰を下ろした。

「まだ、『丸岡屋』から何も……」

「新八さん」

栄次郎は新八の言葉を制し、

「七化けの悌次の狙いがわかったような気がします」

と、口にした。

「ほんとうですか。誰ですか」

「その前に狙いは咲之丞さんではありませんから」

『菊川屋』の段右衛門から聞いた、咲之丞と玉次郎の関係を話した。

「確かに、玉次郎のほうが若さと美貌で勝っていますからね」

新八は頷き、

「で、誰ですね」

と、きいた。

「なぜ、桜の宴で殺しを行なうのか。そのことがずっと気になっていました。依頼人の前で、あるいはふたり同時になど、いろいろ考えたのですがどれもぴんときませんでした。でも、ようやくわかりました。七化けの悌次は相手が無防備なときに襲っています。狙う相手が侍であれば刀を持っていない状況のとき」

「見物人もまさにそうですが」

「しかし、気配に気づいて抵抗されるかもしれない。でも、舞台に出ている地方は三味線を抱えています。夢中で弾いていたら背後に近付く賊の気配がわからないかも
……」

「三味線？」

新八は目を剝き、

「まさか……」

と、栄次郎を見つめた。

「そうです。七化けの悌次の狙いは私ではないかと思うのです」

「そんな」

「七化けの悌次は私を待ち伏せ、闇討ちにする自信がなかったというより、あくまでも盆の窪を刺すという型を守りたかったのではないでしょうか。そして、それには打って付けの場面が用意されていました。三月十日の桜の宴で私が三味線を弾くことになったことです」

「確かに三味線を弾いている最中に背後に迫られては気配を感じにくいでしょうね。七化けの悌次は栄次郎さんのことを調べているのですね」

「まず、依頼人が私のことを調べ上げていたのでしょうが」

「そうですね。ところで、栄次郎さんには何か心当たりが？」

新八はきいた。

「じつは私に養子の話があるのです」

栄次郎は旗本権藤左馬之助の話をした。

「その世嗣が出来が悪くて、栄次郎さんを跡継ぎにと考えているのでしょうか」

「そうであれば、私が養子に入るのを阻止しようとする動きが家中から起こるのは当然でしょう。しかし、御家騒動が勃発することが目に見えていて、私を養子にしようとするでしょうか」

「そうですね」

「いずれにしろ、七化けの悌次が私を狙うとしたら、この養子の話からはじまっていると思われます」

「そのようですね」

「明日の朝四つ（午前十時）に小石川の寺で、養子の話の仲立ちをしている西丸書院番の香田右近さまとお会いします。その上で、権藤左馬之助さまとお目にかかるつもりです」

栄次郎は言ってから、

「新八さんにお願いは、権藤さまのお屋敷に忍び込んで、左馬之助さまや世嗣のことを探っていただきたいのですが」

「やってみましょう」

「助かります。左馬之助さまにお会いする前に、権藤家の内実を知っておきたいのです」

栄次郎はそう言い、立ち上がった。

翌日、栄次郎は四つ前に、小石川のいつもの寺に着いた。

庫裏にある客間に行くと、大柄な三十半ばと思える武士が待っていた。太い眉の下の目は鋭い。

「矢内栄次郎どのですね。私は西丸書院番の香田右近でございます」

香田右近は丁寧に挨拶をした。

「このたびの養子の話について少しお訊ねしたいことがありまして」

栄次郎は口にする。

「なんなりとお訊ねください」

香田は軽く頭を下げて言う。

「まず、養子先の権藤左馬之助さまについてお聞かせください。権藤さまは私を養子にしてどうなさるおつもりなのでしょうか」

栄次郎はきいた。

「どうなさるとは？」

「権藤さまにはご子息がいらっしゃるようですね。母はそのことを知らなかったようです。養子に行けば、いずれ私が権藤家の当主になると、母は思っていました。しかし、権藤家にはちゃんとした跡取りがいらっしゃる。母に偽りを告げてまで、私を養子にするのはなぜでしょうか」

「お母上にそのことをお話ししなかったのに他意はございません」

香田は苦しそうに答える。

「他意はないとおっしゃいますが、跡継ぎがいるところに私が乗り込んでは、あらぬ騒動を招くだけではありませんか」

「その心配はありません」

「なぜですか」

「じつは、この件は権藤さまよりお話になられることになっております。どうか権藤さまから。決して矢内どのにとって不利な話ではありません」

「なぜ、今話せないのですか」

栄次郎はきいた。

「矢内どのが権藤家に入るご決意を聞いてからでないと話しても意味がないと思われているのかもしれません」

「香田さまは当然、そのわけをご存じなのですね」

「はい」

「そうですか」

栄次郎は応じてから、

「今、七化けの悌次という殺し屋が暗躍しております。誰にも正体を見られることなく、暗殺を繰り返してきました。先日、作事奉行の戸田さまを襲ったのも七化けの悌次です」

「殺し屋のことが何か」

香田は戸惑いぎみにきく。

「じつは私はその七化けの悌次に狙われているようなのです」

「なんですって。それはまことですか」

香田は声を上擦《うわず》らせた。

「はい。つまり、何者かが七化けの悌次に私を暗殺するように依頼をしたのです」

「…………」

香田は言葉を失っていた。

「この養子の話と無関係ではないと思っています。私が権藤家に養子に入るのを阻止したい者がいるのです」

「まさか、そのようなことが……」

香田は苦しそうに顔を歪めた。

「七化けの悌次はこれからも私を狙い続けてきます。依頼人が誰か。それを知るためにもすべてを知りたいのです」

「………」

「どうかほんとうのことを教えてください」

栄次郎は訴えた。

「わかりました」

香田は顔をしかめ、

「まさか、そのような事態に発展しているとは想像もしていませんでした」

と呻《うめ》くように言ってから、養子の裏事情を話しだした。

「じつは二十万石の大名西条《さいじょう》藩津村《つむら》家は長年後継者問題でもめていました。国家老が仲裁を老中に訴え、誰もが納得する跡継ぎを外から招くことに」

「まさか、私に白羽の矢が?」

栄次郎は驚いてきいた。

「はい。矢内どのにいったん権藤家に養子に入ってもらい、将軍家の勧めで権藤家から津村家に……」

「ばかな。私が承知すると思っていたのですか」

「大御所さまも、権藤家の養子を受け入れれば津村家に行くかもしれないと」

「私がそういったことに興味がないことはご存じのはず」

以前にも、同じような話があって、きっぱり断ったのだ。

「大御所さまは今でも矢内どののことを気にかけていらっしゃいます」

「………」

栄次郎は愕然とした。

「七化けの悌次に私を暗殺するように依頼をしたのは、津村家の中にいる人物ということになりますね」

「おそらく」

「どなたかわかりますか」

「外から新しい藩主を呼ぶのに反対している一部の勢力がまだいるのでしょう」

「その中の何者かが七化けの悌次の依頼主です。しかも、この人物は公儀の隠密を斬り殺した疑いもあります」

「隠密を？」

「そうです」

栄次郎は経緯を説明した。

香田は深いため息をついた。

「香田さま。私は権藤家の養子の話は最初からお断りするつもりでした。今、はっきりお断りさせていただきます」

「お伝えしておきます。それから、七化けの悌次の依頼主に責任をとらせるようにいたします」

香田は厳しい表情で約束した。

権藤左馬之助と対面するつもりでいたが、もうその必要もなくなった。新八にも権藤家の内実を探るように頼んだが、それも必要はなかった。

五

小石川から浅草黒船町にやって来た。

お秋の家に向かう途中の道端でうずくまっている男が目に入った。

傍《かたわ》らに鞴《ふいご》があった。お秋の家の鍋を修繕していた年寄りの鋳掛け屋だとわかった。

栄次郎は近付き、声をかけた。

「もし、どうなさいましたか」

鋳掛け屋の年寄りがゆっくり顔を上げ、

「へえ、足を挫《くじ》いてしまって。情けねえことです」

年寄りは自嘲ぎみに言う。

「ちょっと見せてください」

栄次郎が足を触ると、年寄りは顔をしかめた。

ちょっと触れただけだが、かなりしっかりした骨組みのように感じられた。

「歩けますか」

栄次郎は確かめる。

年寄りが手を差し出したので、その手をつかみ立ち上がらせたが、痛いと叫んでまたしゃがんでしまった。

「ここにいても仕方ありません。すぐ近くに知り合いの家があります。そこに行きましょう」

そう言い、栄次郎は背中を向けて腰を落とした。

「背中に乗ってください」

「すまねえ」

年寄りは栄次郎の背中におぶさった。

栄次郎は立ち上がり、

「荷物はあとで取りに来ます」

と、鞴などの商売道具はその場に置いた。

栄次郎は年寄りを背負い、お秋の家に向かった。背中に何かが当たった。懐に何が入っているのか。

「あそこです」

栄次郎は見えてきた二階家のほうを見て言い、

「いつぞや、あの家の鍋を修繕していましたね」

と、きいた。

年寄りの左腕が伸びてきて栄次郎の首をはさんだ。栄次郎は後ろ手に肩に乗っていた年寄りの右手を摑んだ。

「正体を現わしたな」

栄次郎は叫んで、年寄りを振り落とそうとしたが、年寄りは栄次郎の首に腕をまわし、足を胴に絡めてしがみついていた。

「七化けの悌次か」

栄次郎は叫ぶ。

年寄りは首にまわした腕に力を込めてきた。栄次郎は悌次を背負ったまま近くの家の塀に背中からぶつかって行く。

何度も繰り返す。塀に激突するたびに男の腕の力が緩むが、すぐに前以上に力を入れてきた。

悌次は右手を懸命に引き抜こうとしていた。栄次郎は摑んで離さない。悌次の右手が自由になれば、懐から針を抜きとり、栄次郎の盆の窪を刺すはずだ。

栄次郎は左手で首に巻きついた腕をはがそうとしたが、まるで蛸《たこ》の吸盤のように吸いついて離れない。年寄りの力ではない。

栄次郎は息が出来なくなった。相手の利き腕を摑んでいる手から力が抜けた。悌次の手が自由になり、懐に手を突っ込み針を取り出した。

しかし、栄次郎もすでに左手で刀の鞘から小柄《こづか》を摑んでいた。

栄次郎の盆の窪に何かが触れた瞬間、栄次郎は小柄を首に絡みつく悌次の腕に突き刺した。

うっと唸って、悌次の力が抜けた。その瞬間、栄次郎は体をひねって、悌次を投げ飛ばした。

悌次は背中から落ちた。

栄次郎は首をさすりながら呼吸を整え、起き上がろうとしている悌次のそばに行った。

悌次は半身を起こしたが、顔をしかめて左腕を押さえていた。

「七化けの悌次、観念するのだ」

栄次郎は刀を抜き、切っ先を悌次に向けた。

だが、次の瞬間、悌次は横に飛び、激しく回転しながら栄次郎から離れて素早く立ち上がった。

「七化けの悌次。請け負った仕事に失敗したな。もはや、そなたに大金を払って殺しを依頼する者はおるまい」

「まだ、失敗ではない。これからだ」

悌次は正体を現わしてからはじめて口をきいた。押さえている左腕から血が滴《したた》り落ちた。

「逃げるな。逃げたら、小柄が飛ぶ」

栄次郎が言うと、悌次の動きが止まった。

「誰の依頼で、私を殺《や》ろうとしたのか」

栄次郎は問いつめる。

「無駄な問いかけだ。俺が喋ると思うか」

悌次は吐き捨てた。

「喋らぬならそれで構わぬ。目星はついている」

「なに？」

「そなたに依頼したのは西条藩津村家の家臣だ」

「……………」

悌次から返事はなかった。

「その家臣もそなたに依頼したことを後悔するだろう」

「俺はずっとつけ狙う」

悌次は眦《まなじり》をつり上げた。

「それは無理だ。そなたは今ここで捕まる」

栄次郎は首を横に振る。

「俺は永久に捕まらん」

悌次は叫んだが、腕の傷が痛そうだった。

「早く医者に診てもらうんだ」

そのとき、駆けてくる複数の足音を聞いた。悌次が逃げようとした。

「動くな」

栄次郎は一喝する。

足音が近付いて来た。

「矢内どの」

沢井が岡っ引きとともに駆け付けてきた。通行人が自身番に知らせたのだろう。

「沢井さま。七化けの悌次です」

栄次郎は相手の顔を睨みつけながら言った。

「この男が？」

「年寄りに変装しています」

「そうか。七化けの悌次、御用だ」

沢井は十手《じって》をかざして悌次に飛びかかった。悌次は身を翻したが、栄次郎が素早く突進していた。

刀の峰で、悌次の肩を打った。

うっと呻いて、悌次はよろけた。そこを、沢井と岡っ引きがとり押さえた。

「なぜ、桜の宴で、俺のことがわかったのだ？」

悌次が悔しそうにきいた。

「そなたの依頼人が殺した隠密が死に際に教えてくれた」

栄次郎が言った。

「そうか」

悌次は自嘲ぎみに笑っていた。

悌次を大番屋に連れて行った。

医者の手当てを終えてから、沢井が取り調べたが、悌次は何も語ろうとしなかった。

木曾屋と八幡一家の先代を呼んで面通しさせると、沢井は言った。変装していたとしても、わかるはずだ。

ただ、木曾屋と八幡一家の先代が認めるかどうか。沢井は必ず認めさせると自信を覗かせていた。


三日後の夜、栄次郎はお秋の家を六つ半（午後七時）に出た。

御徒町から下谷《したや》広小路を突っ切って、湯島の切通しに差しかかった。

暗い坂道の途中に桜の樹があった。すでに盛りを過ぎた。花が一輪、風にひらひら舞っていた。

桜の樹陰にひと影が揺れた。栄次郎は足を止めた。

頭巾をかぶった武士が現れた。

「誰ですか」

栄次郎は落ち着いた声できく。

「あなたがいては困る。死んでいただく」

頭巾の武士は刀を抜いた。

「西条藩津村家家中のお方ですね。そして、七化けの悌次に私の殺しを依頼した？」

いきなり、武士が上段から斬りかかってきた。飛び退いて避《よ》け、続けざまに襲ってきた剣を栄次郎は抜刀して弾く。

「七化けの悌次は私への暗殺に失敗し、捕らえられた。私は生き延びているが、すでに権藤家には正式にお断りをさせていただいた」

「なに、どういうことだ？」

武士は厳しい声できく。

「私は最初から権藤家に養子に入るつもりなどなかった。ましてや、西条藩津村家などに行くなど考えられない。私が津村家に乗り込むなどというのはあなたの妄想に過ぎなかったのです。その妄想に引きずられ、七化けの悌次に殺しの依頼をした」

「ばかな」

武士はあわてた。

「帰って、確かめてみたらいかがですか。すでに、そのことは津村家にも届いているはずです」

「津村家には藩主の弟君のお子がいらっしゃる。そのお子が家督を……」

「待ってください。私はそのような御家の事情に興味はありません。ただ、七化けの悌次を雇ったのは誰か、そのことが知りたいのです」

「私だ。私が七化けの悌次にそなたへの暗殺を頼んだ。その前に、私はそなたのことを調べ上げた。そして、八木さまの屋敷で開かれる桜の宴のことを知り、七化けの悌次にそこでの殺しを勧めたのだ。三味線が佳境に入ったとき、背後から近付けば殺せると。だが、事前に悟られていたとは……」

「そのときのあなたと七化けの悌次のやりとりを植木職人に化けた公儀の隠密が聞いていたのですね。それに気づき、公儀の隠密を追いかけて斬った。その隠密が死に際に、八木さまのお屋敷に七化けの悌次が、と言ってこと切れたのです」

「そうだったのか」

武士はうなだれた。

「なぜ、あなたは私を襲ったのですか」

栄次郎は刀を鞘に納めてきいた。

「七化けの悌次が失敗した。最後の手立てとして、私はあなたと相討ちになって倒そうと、ここで待ち伏せていた」

武士は打ち明け、

「私の名は……」

「お待ちください。あなたが誰だろうがもはや私には関係ありません。それに、あなたは上役のどなたかから命じられて動いていただけではありませんか」

「…………」

返事はなかった。

「この後、どう始末をつけるかはあなた自身の問題です」

そう言い、栄次郎は武士を残し、切通しの坂を上って行った。


屋敷に帰ると、母に呼ばれた。

仏間で向かい合うと、母がさっそく切り出した。

「香田さまからみなお聞きしました」

母は表情を曇らせ、

「まさか、大名家の御家騒動に巻き込まれたとは……」

と、うなだれた。

「香田さまはここにお見えになったのですか」

「ええ」

母は頷き、

「あなたに危ない思いをさせてしまったようで、申し訳なく思っています」

と、頭を下げた。

「いいえ、母上が悪いのではありません」

「大御所さまも、あなたのためと思い、この話を進めたのでしょうが……」

「私は大御所さまとは関係ありません。私は矢内家の人間なのです」

栄次郎はきっぱりと言った。

ふと、七化けの悌次に思いを馳せた。

もし、公儀の隠密の最期の言葉を聞いていなかったらどうなっていただろうか。市村咲之丞の踊りの地方として三味線を弾いている最中にこっそり背後に迫られて自分は気づいただろうか。

三味線を弾くのを止めて七化けの悌次に立ち向かえただろうか。

栄次郎は今さらながらに恐怖を覚えていた。

時代小説

二見時代小説文庫

殺《ころ》し屋《や》 栄次郎《えいじろう》江戸暦《えどごよみ》 28

二〇二三年 二 月二十五日 初版発行

著者 小杉健治《こすぎけんじ》

発行所 株式会社 二見書房
〒一〇一-八四〇五
東京都千代田区神田三崎町二-一八-一一
電話 〇三-三五一五-二三一一［営業］
〇三-三五一五-二三一三［編集］
振替 〇〇一七〇-四-二六三九

印刷 株式会社 堀内印刷所
製本 株式会社 村上製本所

ISBN978-4-576-23009-2
https://www.futami.co.jp/

氷月 葵

神田のっぴき横丁

シリーズ

以下続刊

①神田のっぴき横丁1 殿様の家出
②慕われ奉行
③笑う反骨《はんこつ》

次は勘定奉行か町奉行と目《もく》される三千石の大身旗本真《ま》木《き》登《と》一《いち》郎《ろう》、四十七歳。ある日突如、隠《いん》居《きょ》を宣言、家《か》督《とく》を長男に譲って家を出るという。いったい城中で何があったのか？　隠居が暮らす下《しも》屋敷は、神《かん》田《だ》のっぴき横丁に借りた二階屋。のっぴきならない人たちが〈よろず相談〉に訪れる横丁には心あたたまる話があふれ、なかには〝大事件〟につながることも……。心があたたかくなる！ 新シリーズ！